はつ恋

村山由佳

ポプラ文庫

はつ恋

卯月

～花の名前

トキヲがいきなりおかしなことを言ったように聞こえたものだから、ハナはびっくりして、彼の背中を揉む手を止めた。

「今、なんて？」

腰のあたりに馬乗りになったまま、顔を覗き込む。トキヲは、組んだ両手の甲に額を押しあててうつぶせに寝ている。ハナにはその鋭利な横顔しか見えない。

「俺に、もし何かあっても」と、彼は目を閉じたまままくり返した。「悲しまんとけよ」

そうして、優しいため息のように付け加えた。

「俺は、もうじゅうぶん幸せなんやから」

藪から棒にいったい何を言いだすのだと面くらいながらも、根が律儀なハナは、四十代も半ばを過ぎた恋人の身に何かあった場合のことを考えてみる。職業柄、想像力は人並み以上にたくましいので——と言うより、子どもの頃から頭の中に想像力しか詰まっていなかったためにこの仕事についたので、つい具体的なところまで思い描いてしまう。

彼を失った後の自分……。

この家にひとり残され、どの日も、どの季節も、押し黙ったまま原稿ばかり書いて過ごす。縁側の日だまりに、食卓の椅子に、いちいちトキヲの幻影を見てはその不在を思い知らされる。眠る時、隣をまさぐっても彼はいない。真夜中に寝返りを打ったこの無骨な幼なじみが、〈ハナ姉、いま怖い夢見た〉などと言いながら抱きついてきたり、〈なあ姉ちゃん、ちょっとだけ、な?〉とのしかかってきたり、終わった後、二人の間で丸くなる猫をつぶさないように気をつけながら〈おやすみ〉の口づけをかわしたりすることも、二度と、なくなる。

背中を揉む手が止まってからそこまで、十秒。

十一秒めに、両目から涙が噴きだした。

「いやだぁ……」

ハナは、大きな泣き声をあげた。驚いたトキヲが身体を反転させて起きあがり、ハナの頰を両手ではさむ。

「どないしてん、子どもみたいに。もしも、の話やろが」

「もしもの話でも、いやだ。なんでそんなこと言うの。この歳になって、やっとトキヲとこんなふうになれたのに、やだよ、ひとりはもう、いやだ。置いてっちゃやだぁ」

自分でも馬鹿じゃなかろうかと思うほど、涙はとめどなく溢れだし、頬を伝い、畳に落ちてぱたぱたと音を立てる。

「あほやな」トキヲがハナを抱き寄せ、あやすように揺らして背中を撫でる。「ほら、もう泣かんといてくれ。俺が悪かった。大丈夫、ちゃんと気ぃつけるから、な」

「絶対？　もう、足場から落っこちたりしない？」

「ああ」

「運転も？」

「ああ、ほんまに気ぃつける」

ううう、と唸って、ハナは彼の肩口に顔を埋める。

もうあとほんの数時間後、今日の陽が暮れないうちに、トキヲは大阪の実家へ向けて発つ。小僧の頃からさんざん世話になってきたという大工の棟梁に、新しい現場の応援を頼まれたのだ。

今では自らも一人親方として働くトキヲの仕事の基盤は地元大阪にあり、文章を書いて暮らすハナの住まいはここ、千葉県南房総(ぼうそう)の海のそばにある。しかもトキヲには、前の結婚で授かった十九の娘と、七十を過ぎた母親がいる。いくら恋しくても自分が独占してしまうわけにはいかない、とハナは思う。何しろ彼の母親は、ハナにとっても一時は親がわりだった恩人だ。子どもの頃、トキヲとハナは隣同士の家に住んでいて、まるでほんとうの姉弟のようにして育ったのだった。

なまあたたかい春の風が吹きこんでくる。トキヲの頑丈な首に抱きついたまま、ハナは、開け放った縁側の先を見やった。昭和三十年代に建てられたというこの鄙(ひな)びた家の庭は、一年のうちでいちばん美しい季節を迎えようとしている。

梅や、万作(まんさく)や辛夷(こぶし)や雪柳は終わったが、今は染井吉野と杏(あんず)の花が満開だ。足もとには様々な種類の水仙と、吸い込まれそうな青色の勿忘草(わすれなぐさ)が乱れ咲いている。そうした花々の名前は、幼い頃から母親が一つひとつ教えてくれた。自分の名前がハナなのに、花のことを何も知らないのはおかしいから、と言って。

時折、桜の薄い花びらが風に乗ってひらひらと部屋の中に舞い込み、音もなく畳の上に落ちる。水面にふわりと浮かぶかのような儚(はかな)さだ。

野中の一軒家というほどではないにせよ、農業を営む隣家はうっそうとした竹林の向こうに隠れて見えず、生活の物音もほとんど届かない。日に何度か、たんぽぽとぺんぺん草に覆われた土手の上を、がたんごとんと二両きりの電車が通り過ぎてゆく。

庭先からそのまま続く小さな家庭菜園の、ほっくり湿った畑土の匂いに、かすかな潮風の香りが入り混じる。土の匂いも潮の香りも、甘く、どことなくいやらしい。官能の端々にしっとりとまとわり付いて、ハナの身体の内側へと無数の触手を伸ばしてくる。春という季節のせいばかりではない。トキヲとくっついているとしょっちゅうこうなる。うずうず、むずむずとして、もっとぴったり、どこもかしこも隙間なんかないくらいにくっついて彼を味わい尽くしたくなる。

いい歳をして何を、とハナは自分を恥ずかしく思う。しかも、お天道様はまだこんなに高いのに。

以前はハナにも、夫と呼ぶ人がいた。正直に言うと、二人、いた。けれど結局、二度とも別れた。子どもがいなかったこともあり、お互いに我慢を続ける理由が見つけられなかった。

それ以来、誰かと刹那的な恋人ごっこを愉しむ時間は持っても、先を考えることを避けたまま今まで過ごしてきた。老後、と呼ばれる時間までにはまだもう少し間がある気がしたし、ひとりきりの生活は何と言っても気ままで、自分の身一つならば何とか面倒を見られる。

南房総の田舎にこの家を見つけて衝動的に移り住んだのは、久々に大きな冒険をしてみたかったからだ。

とうもろこしやスイカの畑の間を抜ける長い私道のつきあたりに、ぽつんと建てられた横板張りの一軒家。不動産屋に案内されてひと目見たとたん、むしょうに懐かしくなった。そこは、十歳まで暮らした家と、造りや雰囲気がとてもよく似ていた。北側に透明なトタン屋根をさしかけたコンクリート敷きのテラスがあって、古い籐の椅子や、角のすり減ったスツールが置かれているところまでそっくりだった。

この家で寝起きをしたい。毎朝、目覚めたらガラス戸を開け放って愛猫を庭に出してやり、箒で廊下を掃き、土埃は固く絞ったぞうきんで水拭きをする。海の幸や畑の菜っ葉など、旬のもので料理をし、食べ、日に何度か美味しいお茶やコーヒーを淹れて、午後には机に向かって書きものをする……。

例のごとく想像力を駆使して思い描いただけで胸がふるえて、ハナは、南房総の家を手に入れた。自分自身の〈終わりの風景〉をこれから少しずつ作ってゆくのに、この家と庭はふさわしい。東京へなんか月に一、二度、用事のある時だけ出かけていけば充分だ。その時々に付き合う男のひとがいたとしても、たまに逢うくらいがちょうどいい。

自分がかなりの恋愛体質であることはわかっている。たとえ夫婦であっても、家族や空気みたいになってしまうのじゃなく、ずっと恋人気分を味わっていたい性分であることも。

けれど、生まれて半世紀になんなんとしている女がそんな願いを口にしたところで薄ら寒いばかりだ。この先また誰かを好きになることはあったとしても、自分の恋した相手が同じくらいこちらを好きになり、息も止まるほどの強い力で抱きしめ返してくれるなどという僥倖はもう、二度とないものとあきらめたほうがいい。手に入らないものを望み続けても、自ら人生を虚しくするばかりだ。これからは、ひとりの時間をどれだけ豊かにするかを考えていこう……。

そうして、この家に移り住んで数年。

ハナは、トキヲと再会した。奇しくも彼のほうもまた、二度の離婚を経て今はひとりだった。

幼い頃の一時期、世界の誰より近い相手であった彼と、二人だけで食事をしたのはほぼ三十五年ぶり。一つの布団で朝まで眠ったのは記憶にある限り初めてだった。

トキヲは、幼い頃から密かに憧れていた〈ハナ姉ちゃん〉を手に入れた喜びを隠そうとしないが、かといって甘やかすばかりではない。ハナのまなざしと気持ちがまっすぐ自分に注がれていないとみると容赦しなかった。

トキヲの首から腕をそっとほどき、ハナは、古くて新しい恋人の目の奥を覗き込む。

「ねえ、ほんとに初めてなんだよ、私」

「何がや」

「こんなふうに、何もかも安心して預けられるのは、ってこと。親や友だちにも、本音でぶつかった例しはなかった。だけどトキヲにだけは、どんな自分を見せても大丈夫って思える。どうしてかな。トキヲが私を本気で嫌いになることなんかあるはずないっていう、おかしな確信があるの」

ふっと目尻に皺を寄せた彼が、ハナの身体を抱きかかえ、抱き寄せる。

「なぁんも、おかしいことないで。俺のほうからお前を嫌いになるなんて、絶対あり得へん。さっきみたいに泣きたい時は泣いたらええし、地団駄踏んで怒ったらええし、安心して甘えたらええ。俺も、姉ちゃんにだけはめっちゃ甘えてる」

ことの最中にはあんなにも容赦のない、その同じ手が、これほど優しくも触れてくるのが不思議で、いとおしい。ハナは身体を預け、弟のような恋人の胸もとの匂いを吸いこんだ。

「こんなとこ見たら、おばちゃん、怒りよるやろなあ」

トキヲが、共犯者のささやきを耳の中に送り込んでくる。

「そうだね。母さんが今でもしゃんとしてたら、私たち、こんなふうにはなれなかったかもね」

一緒に過ごせるのは、あとほんの数時間。でも、離れてもこの関係が変わるわけじゃない。〈終わらない〉と感じるし、終わらせないための努力をするであろう自分自身を信じられる。こんなことは初めてだ。そうして遅ればせに花ひらいた感情を、何という名前で呼べばいいのかわからない。

「生きてみる、もんだねえ」

「なんやいな。死ぬつもりでおったんかい」

「そうじゃないけど、人生も後半戦に入って、まさかこんな幸せが待っていようなんてさ。トキヲのおかげだよ」

「はん。お前はまったく、脳天気なやっちゃのう」

まんざらでもなさそうに、トキヲの腕がハナの小さな身体をまた抱き寄せ、ぴったりと自分に押しつける。まるでほんの少しの隙間すらも許せないというように。

うふふ、と笑いがもれた。

「笑うな」

陽に灼けた彼の顔が下りてきて互いに目をつぶる、その寸前——舞い込んできた桜の花びらが二人の間をすり抜けて落ち、畳のおもてにふわりと浮かぶ。

皐月
～遠くのひと

小手毬（こでまり）は終わっていた。かわりに、玄関先の庭から畑へと続く土手際には今、大手毬の花房が重たげに揺れている。

　わさわさと茂る低木の枝先に、紫陽花（あじさい）とよく似たミルクグリーンの花がたくさん集まって咲く大手毬は、切った後の水揚げが難しいので部屋に飾るには向かない。そのぶん、庭先でのびのびと咲き誇るさまを存分に愛（め）でればいいとハナは思う。

　世界が光り輝く新緑の季節は、晴れていても雨降りでも、毎朝カーテンを開けて庭を眺めるたび美しさに胸が躍る。これから咲く花の顔ぶれや、しなくてはならない面倒だが愉しい作業を思うだけで、おへその下のほうが、うにゅうにゅとじれったいような心地になる。

　楓（かえで）の木にかけた鳥の巣箱は今年も、春の訪れと同時にきれいにしてあった。どこから集めてくるものか中にびっしり詰め込まれている苔（こけ）や枝や羽毛をそっと取り出し、内側を日光に当てて消毒し、釘のゆるみなどを直して再び元に戻しておくと、幾日もしないうちに様々な鳥たちが検分にやってくる。

　去年はヤマガラの夫婦が住みつき、卵を孵（かえ）した。今年はどうやらシジュウカラのようだ。無事に巣立つところを見られるといい、それがトキヲのいる時ならばなおいいと思い、ハナは寂しさを思いだす。

　先月、満開の桜をあとに大阪へと戻ったトキヲは、向こうの現場が忙しいらしく、電話で話していても次にいつこちらへ来るかをはっきり口にしない。ハナのほうにも遠慮があるから、早く逢いたいなどとは言えない。

　離れてから、今日でちょうどひと月。たったそれくらいで恋しいだの切ないだの言っていたら、世にあふれる遠距離恋愛の恋人たちに叱（しか）られてしまうとは思うのだけれど、どうしようもない。ハナは昔から人一倍、寂しいのに弱いのだ。

〈俺がおらんからって、誰かとこんなんしたらあかんねんで〉

　こちらを発つ前夜、トキヲはハナの耳元に、低い声でそうささやいた。まるで今生（こんじょう）の別れであるかのように、夜を徹してこの軀（からだ）に加えられたあれやこれやの仕打ち。いくらか年下とはいえ、彼だって四十代も半ばを過ぎたくせに、あの元気と探究心はどこから生まれてくるのだろう。

〈おばちゃんは付いていけないよ〉

などといささか自虐的に呟きながら、ハナはひとり耳たぶを熱くする。嘘だ。自分だってほんとうは、彼に負けないくらい欲しがりだ。

若い頃は、四十代や五十代なんてすっかり枯れてしまうものだと思っていた。そんなことはなかった。徹夜がつらくなったり、膝が痛くなったり、小さな字が見えにくくなったりはしたけれど、頭の中ばかりはそれほど変わるものじゃない。愛しい誰かを想う時の、心臓のまわりがきゅっと窮屈になるような、甘くて少し凶暴な感覚もそのままだ。そのままだということが、嬉しい。

気持ちよく晴れていたので、洗濯機を二度続けて回す。これから出航する客船のように物干しロープにずらり並べて干したあとは、庭の手入れをすることに決めた。仕事の書きものは陽が落ちてからでもできる――というのが逃避に伴う言い訳であることは自覚しているけれど、こんなにお天道様が眩しい一日、家にこもって過ごすなんてあまりにももったいない。

土地は、東側が土手に面している。上のほうを線路が走るその斜面のふもとには、幅五十センチばかりの小さな流れがあり、ザリガニや沢ガニが棲み、オニヤンマのヤゴが孵り、蛍も舞う。

その小川の上流、竹藪の向こうに古い農家があって、去年の夏、ハナは突然、その家のおじいさんの訪問を受けた。

〈雑草の種が畑に飛ぶと厄介だからよう。できれば、家のまわりの草は早めに刈ってもらいてえんだわ〉

ハナは慌てた。野に咲く花の慎ましさも可愛らしく思えて、できるだけ抜かずに眺めていたのだけれど、畑を大切にしているひとにとっては迷惑になってしまうと初めて知ったのだ。

急いで、業者に依頼して刈ってもらった。どうして人を頼んだかといえば、自らカマを握って刈っている途中にひどいぎっくり腰になってしまったからで、そもそもどうして自分で刈ろうと思ったかといえば、他人には刈ってもかまわない雑草とそうでない雑草の区別がつかないだろうと考えたからだった。

烏野豌豆は刈るけれど、草藤は残す、とか。

春紫苑は刈るけれど、嫁菜は残す、とか。

説明しても、その微妙な判断の基準は伝わりそうにない。だから、今年こそは自分で頑張ることにした。

トキヲが研いでくれるようになってからというもの、家じゅうの刃物全般、怖ろしいくらいに切れ味がいい。撫でるように草の茎にあてるだけでスパスパと切れるのが嬉しくて調子に乗るうち、昼近くにはほとんど刈り終わっていた。

痛む腰や背中を反らせ、澄みわたった五月の青空を見上げていた時だ。

「こんちはぁ」

しわがれ声にふり向いた。

例の農家のおじいさんだ。回覧板を届ける時に表札を見るので、〈亀吉〉というおめでたい名前なのは知っている。

亀吉さんは、信用金庫の名前が入ったタオルを首に巻き、頭には飴色になった麦わら帽子をかぶっていた。確かに、今日の陽射しはすでに夏めいて感じられる。

「いいあんべぇだーねえ、奥さん」

奥さんではないんだけどな、と思いながらも「こんにちは」と微笑み返すと、亀吉さんはハナの丹精した庭をぐるりと見回して、へーえ、と言った。

「ここは、あんだ。奥さんが来る前は、何年も空き家のまんまだったでおー。前の人も花好きだったみてえだっけんが、庭と家ばっかりは、手入れしねえとすーぐ荒れっちまっておえねぇお」

はあ、こりゃあてえしたもんだ、と感心したように花々を眺める。

玄関までのアプローチに沿って、今は素朴な雰囲気の薔薇(ばら)たちが咲いている。外壁のきわ、腰高窓のすぐ下には、種類も様々なアイリスがすっくと姿勢良く伸びて並んでいる。早春の花と比べると、五月に咲く花はどこか凛々(りり)しい。

「そうだ、奥さん。浜茄子(はまなす)、いるかい？　おらが庭でずいぶん増えちまったで、あじょにもかじょにもなんねえでおー、いるんならいっくらでも掘ってきてやんよ」

作業着姿の亀吉さんに言われるとつい、畑になっている茄子を思い浮かべそうになるが、何の関係もない。名前は果実の形からついた〈浜梨〉が訛(なま)ったもので、バラ科の植物だ。鋭い棘(とげ)のびっしり生えた枝先に、濃いピンク色をした一重の花を咲かせ、秋に赤く色づく実はローズヒップ・ティーになる。

「嬉しい。ぜひわけて頂きたいです」

ハナが言うと、亀吉さんは目尻を下げた。笑うと、皺がますます深くなる。

「じゃあ、ちょっと待ってな、いま掘ってきてやっから。あと、大待宵草(おおまつよいぐさ)もいるかい」

「もちろんです！」

「あれは、夏の夕暮れ時になると、ほんとうにポンッと音がするみてえにひらくだわ。なかなか面白いもんだがんよ、家の中から見えるとこに植えとくといいお」

種が飛んで勝手に増えるものの、花が咲くまでに二年はかかるから、来年また根っこのついたのを持ってきてあげようと亀吉さんは言った。

「そうしたら再来年からは毎年楽しめっからおー」

こちらから頂きにまいりますと言うのを、いいからいいからと断り、亀吉さんはひょこひょこ歩いて竹林の向こうの家に戻っていった。

ハナは、水気を拭ったカマを納屋へ片付け、革手袋と腰ベルトをはずして家に入った。冷たい麦茶と和菓子でも用意して、縁側で亀吉さんの話を聞かせてもらおう。

これまでも、挨拶を交わしたり、回覧板を届けたりはしていたけれど、ゆっくり言葉を交わすのは初めてだ。

庭は、人をつなぐ。遠くのひとを、近くする。


もらった浜茄子を二本と、大待宵草を三本、庭のあちこちに植え終わると陽が傾いていた。一つひとつ穴を掘り、根を広げて植え付けては水をやっている間じゅう、亀吉さんの顔に刻まれた深い皺を何度も思い浮かべていた。

父の声を聞きたくなった。

東京のマンションで暮らしているハナの両親は、ともに九十歳。母は認知症で数年前から記憶や日々の会話が曖昧になってきたが、父はまだ矍鑠としており、パソコンで日用品の注文もするし、メール機能も使いこなす。

〈せやけど、もう、いつ何があってもおかしないねんからな〉

トキヲに言われるまでもなく、ハナには罪の意識があった。

年取った父にいわゆる老老介護をさせておきながら、遠く離れた一軒家で好き勝手に過ごしている自分。できるだけ時間を作って会いに行くようにはしているものの、同居という選択まではまだできずにいる。

同じ家で寝起きすればどうしても、生活時間帯を親たちに合わせるしかなくなる。時には夜を日に継いで机に向かわなくてはならない仕事、集中していると寝食も忘れ、人の声など聞こえなくなる仕事を抱えていると、いつかは一緒にと思いながら、なかなか決心が付かない。

「もしもし」

電話をかけると父は、

「おう、どや。元気でやっとるか」

まずこちらの様子を気遣ってくれた。

母が週に何度か通うデイサービスの施設のことや、健康のために始めた散歩について父は話し、ハナは亀吉さんのことを話した。思えば十年ほど前の父は、今の亀吉さんより元気だったのだ。

「たぶん来週くらいには行けると思うから」

「おう、そうしなさい。お母ちゃんが会いたがっておる」

しかし母は、ハナが訪ねていっても、帰ると同時にそれを忘れてしまう。

「私は、お父ちゃんの顔が見たくて行くんだよ」

とハナは言った。

受話器を置くと、家の中に夕闇（ゆうやみ）がひたひたと満ちていた。

灯（あか）りをつけないまま、窓から外を眺める。草を刈った庭は、じゅうたんをはがした後のようにすっきりして見える。今日はまだ、それ以外のことを何もしていない。〆切は迫っているというのに、半日カマをふるった腕がだるくてたまらない。

大きく息を吸い込み、ゆっくりと吐く。今ごろ、もしかして父も、母の横でこっそりため息をついているだろうか。

（……トキヲ）

口の中で呟く。遠くのひとと、会いたいのに会えないこの寂しさを、自分は親にも我慢させているのだ。

（トキヲぉ）

あの荒っぽい優しさで、きつく叱られてみたかった。

水無月

～虹色の雨

東京で暮らしていた頃のハナは、昼と夜がほぼ逆転していた。

真夜中のほうが執筆に集中できる。郵便も宅配便も電話もメールも来ず、突然の訪問者もなく、外の街は昼間より静かだ。

徹夜で書き上げた原稿を、明けがた編集者に送り、それからシャワーを浴びて寝る。と、起き出すのは昼を回ってからになる。晩には目が冴えて、また机に向かうか、あるいは友人と街に出かけて、帰宅するのは朝方。そのくり返し。

あの頃の生活が間違っていたとまでは思わない。環境への適応、だったのだろう。

ただ、南房総の一軒家に引っ越してきて以来、ハナの生活は一変した。

毎朝、遅くとも七時までには起きる。冷たい水で顔を洗い、晴れていれば洗濯機を回し、その間に台所に立って、きちんと作った朝食を窓辺のテーブルでゆっくり食べる。朝はパンと、スープを作ることが多い。

ある一日は、キャベツと鶏肉をあっさり煮たスープ。次の日は、カリフラワーを牛乳で軟らかく煮こんだスープ。また別の日は、トマトとたまねぎだけのシンプルなスープ。

レシピなども特にない。基本的には素材の旨(うま)みをじっくり味わえるように調味料は控えめにしているけれど、時には強めの塩味が欲しくなったり、刺激的なスパイスや、こってりとした肉の脂のしつこさが恋しくなることもある。きっとそれは身体が欲しているということだろうから、無理に我慢はしない。身体の健康には良くなくても心の健康には良い食べものが、この世にはたくさんあるのだ。

都会暮らしの時と変わったことはもっとある。

毎日のごはんを、炊飯器でなく羽釜や土鍋で炊くようになった。火加減や時間を気にかけなくてはならないぶん少し面倒だけれど、炊きあがりの美味しさを思えば妥当な取引だ。

魚をたくさん食べるようになった。海が近いこの町ではとれとれの魚をとても安く買うことができるし、最近知り合いになった漁師さんが揚がったばかりのカツオやイナダを持ってきてくれることもある。

身体をよく動かすようになった。執筆の合間の息抜きにと外へ出ても、咲き終わった花殻を摘んだり雑草を抜いたりしているうちについ夕方まで没頭してしまう。血の巡りが促進されるのか、冷え性がましになり、肌は日に灼けたが、そのかわり顔色は良くなった。

そしてまた、家の中のあちこちに、小さな花を飾る習慣ができた。濃い色の花は晴れた日に、淡い色の花は曇りや雨の日にこそ美しく映えるということにも気づいた。

いいことずくめ、と言っていいのかどうか。正直なところ、ハナには不安もある。日々の暮らしの心地よさが、書き手としての〈鈍さ〉につながってしまわないか。都会を離れ、田舎に引っ込んでばかりいると、身も心も油断して輝きを失い、女性としてくすんでいってしまうのではないか。

世間で言うところの〈美魔女〉には興味がない。若さにしがみついても虚しいだけだ。でも、愛しいひとの前では——そう、トキヲの目の前でだけは、女としての魅力を失わないでいたい、とハナは思う。性別など超越した同志のような間柄の夫婦にも憧れる一方で、今はまだ、もう少しの間、と。

離れて大阪で暮らすトキヲとは日に一度、言葉を交わす。彼が大工仕事の現場から帰ってくる時間を見計らって、たいていはこちらから電話をする。ハナの集中を途切れさせてしまうのを気にしてか、トキヲからはまずかけてこない。

けれど今日は違った。たまたま現場がずいぶん早く終わったと言って、めずらしく向こうから電話してきた。

「よう。どないだ」

背後に聞こえる走行音で、運転中だとわかる。いつもと同じく、小型マイクを耳に引っかけているのだろう。

「お疲れさま」

まずは恋人をねぎらってから、ハナは訊いた。

「今日はどうだった？　怪我とかしなかった？」

「するかい、ンなもん」

苦笑まじりの答えが返ってくる。電話越しのトキヲの声が好きだ。少しかすれていて、語尾が皮肉な感じにほろ苦く滲む。

「えらそうなこと言って、古傷いっぱいあるじゃない。爪を剝がしたとか、指が取れそうになったとか」

「それくらいは日常茶飯事や」

物騒なことを言いながらも、トキヲは、現場のことや、昔から世話になっている親方とのやり取り、監督の若造がいかに無理難題を押しつけてくるかなどについて、面倒がらずに話してくれる。遠距離の恋愛にはありがたいことのひとつだ。

「お前のほうはどやねん。変わったことあったか」

ハナは、携帯を耳に当てたまま畳に腹ばいになった。梅雨時の畳は、しっとりと冷たい。開け放った縁側越しに外を見やる。予報どおり、そろそろ雨が来そうだ。

「今朝、亀吉さんがみえてね」

竹藪の向こう側に佇む古い農家の主については、トキヲにもすでにたっぷり話してある。そのため、

「おう、爺さん元気そうやったか」

まだ会ったこともないくせに、ずいぶん馴れ馴れしい。ハナは笑った。

「いつもみたいに縁側でお茶を飲んで、帰りに嬉しい提案をしてくれたの」

「提案？」

「ほら、うちの前に広い畑があるでしょ」

「去年、スイカがごろごろ転がっとったとこやな」

「うん。亀吉さんのスイカ畑は他にもあるんだけど、歳のせいもあって、もうそん

なにたくさん面倒見られなくて、今年からここの畑はやめたんだって。それで、よかったらうちに貸そうかって言ってくれたの。花畑にするのもいいけど、せっかくだから菜っ葉やらトマトも作ってみりゃいいっぺよ、って。草ぼうぼうにしておくよりはいいからタダでかまわない、って言うんだけど」

「うーん、それもかえって気ぃ遣うわなあ」

「そう、そうなの」

「たまに一升瓶くらい持ってってたげたらええんちゃうか？　呑む人やったら、の話やけど」

　ああ、そうだね、そうしよう、とハナは言った。畑で汗を流した後の、風呂上がりの晩酌が何よりの楽しみなのだと、亀吉さん自らこの縁側で話してくれたことがある。

「でも私、庭はともかく畑の経験はないし、やってはみるけど上手にできるかどうかわからないって言ったらね。『なあもん、一から教えてやっぺおー』って。肥料のあんばいとか、トマトのわき芽の掻き方とかも全部」

「そらええわ」トキヲの声が柔らかく和んだ。「よかったな。ありがたいお人やな」

「ほんとに、助けてもらってるよ。野菜のお裾分けはしょっちゅう頂くし、朝掘りのタケノコだとか、椎茸とかエノキとかも」

「こないだは、漁師のおっさん紹介してくれた言うてたもんな。お前んとこ、食生活めっちゃ豊かやんか」

そうだよ、だから早くおいでよ。美味しいものいっぱい食べさせてあげるよ。朝は栄養たっぷりのスープだよ。ごはんは土鍋で炊くんだよ。

言いたいのに、ハナには言えない。大阪にはトキヲの母親と娘がいるし、そのつど請け負っている現場もある。たとえばハナが今かかえている原稿を棚上げにしてあちらへ行くことができないのと同じ重さで、トキヲにはトキヲの仕事があり、途中で放り出すことなどできるわけがないのだ。

ふと、独特の匂いをかぎつけて、ハナは再び縁側の向こうの庭を見やった。乾いた土埃が湿ってゆく時特有の、きなくさいような、錆くさいような、どこか酸っぱい匂いが鼻腔に届く。水色から薄紫に色づいた紫陽花の花たちが、上下にうなずくように揺れる。蛙の合唱が急に大きくなる。

ハナの沈黙に、

「どした?」

とトキヲが訊く。

「降ってきた」

「そうか。ユズのやつは家におんのか？」

　まず猫を心配してくれる。

「どっか行ってるみたい。また泥んこの足で帰ってくるよ」

「洗濯もんとかは？」

「大丈夫、さっきテラスの軒下に引っ込めた。干してあった梅もまた漬けたし」

「そんなん聞かされたら口んなか酸っぱなるやないけ」

　シィシィと歯の間から息を吸う音が聞こえてくる。

　梅を漬けては竹のざるに広げて天日に干すのも、思えばずいぶん久しぶりだった。亀吉さんから青梅と赤紫蘇（しそ）を山ほどもらってしまったら、漬けないわけにいかなくなったのだ。

　最初の結婚をした頃は毎年のようにスーパーで青梅を買っては漬けていたのに、いつしか途絶えてしまった。別れたのは、たしかその翌年だ。台所にずらり並んだつややかなガラス瓶は、夫婦仲がうまくいっている間は幸せと充足の象徴だったが、状況が変わるとたんに家の一隅を重苦しく圧迫し始めた。大量のあの梅干しはその後どうなったのだったか。

「お。こっちも降ってきたで」

トキヲが言う。

「まだ帰る途中なんでしょ？　運転、気をつけてよ」

「わかっとる。任しとかんかい」

その時、庭全体がぴかっと光った。すぐ後に、ごろごろごろと空が鳴りだす。

ハナは、えっ、と耳を疑った。押しあてている携帯からも、まったく同じ雷鳴が聞こえる。岩が転がるような音が、長く尾を引いて響く。

「……どういうこと？」

「ん？　どないした」

「どないした、じゃないよ。今それ、どこにいるの？」

と、いきなりトキヲがげらげら笑い出した。

「くっそう、バレたか」

「え、うそ、だってどうして？　現場のほうは？」

「うるさい、黙っておとなしゅう待っとけ。じきに着く。今、踏切渡るとこや」

ほなな、と通話が切れる。

……踏切？　トキヲの言うのがあの踏切のことなら、もう本当にすぐそこではないか。

　畳に手をついて立ち上がると、スカートの裾を踏んで転びかけた。散らかったままの部屋を横目で見ながらも今さら片付けている暇はなく、まろぶように玄関へ向かう。サンダルに足先を入れるのがもどかしい。

　ドアを開けたとたん、冷たくもあたたかな雨粒が額に降りかかってきた。

　ごろごろごろごろ、と天空の端から端まで、雷が鳴りわたる。虹色に濡れた紫陽花の向こう、恋人の白い車が入ってくるのが見える。

文月

～打ち水のあと

「今朝、庭に出て嬉しかったこと」

「ほい」

「絞りの朝顔が七つも咲いてた」

「へえ。たいしたもんやな」

「それから、茗荷が根もとからちょこちょこ出てた」

「お、ええなあ。冷奴やら素麺やら」

「あと、睡蓮鉢を覗いたら、メダカのちっちゃいのがいっぱい殖えてた」

「それ、この先どんだけ殖えんねん」

朝食を間にはさみながら――日によってそれはパンであったりホットケーキであったり炊きたての白米と味噌汁であったりするのだけれど、恋人のトキヲに向かって、朝の見回りで見つけたものの話をするのがハナの習慣だ。

「あとね、明日あたり、カサブランカが咲きそうなの」

たちまちトキヲが、ニヒルな声色を作った。

「〈明日？　そんな先のことはわからない〉」

「うん、その『カサブランカ』じゃなくてね」

ハナの言うカサブランカは、純白の百合のことだ。昨年の秋頃、いくつかの球根を植えておいたのが、いつのまにか背丈も伸び、大きなつぼみまでつけている。

「植えたほうは植えたことさえ忘れてたのに、球根はちゃんと自分の花どきを覚えているんだねえ。すごいねえ」

「何やったっけ、あれ。花が咲くんは当たり前のこっちゃねんけど、みたいな詩」

「たぶん北原白秋じゃないかな。〈薔薇ノ木ニ薔薇ノ花サク　ナニゴトノ不思議ナケレド〉」

するとトキヲは煙草を箱から一本取り出してくわえ、ちょっと見直したような面持ちでハナを眺めた。

「それや。さすが物書きやのう」

「今のトキヲの謎かけでわかった自分こそ不思議きわまりないわ」

とはいえ、彼の言わんとするところは、まさにハナがふだんから抱いている感慨そのままなのだ。

「何の不思議もないんだけど、改めて考えるとものすごく不思議なことって、たくさんあるよね」

苺ジャムをたっぷりのせたトーストをかじりながら、ハナは言った。

「枯れたような枝から葉っぱが芽吹いて花が咲いて……その花だってよく見たら、いったい何のためにこんなにも凝った形や色や模様をしてるんだろうってびっくりするよ。神様がいるとしたら、きっと天才的なデザイナーよね」

科学的な仕組みが明らかになっても、それでも解き明かされることのない根源的な神秘。この世界への、宇宙への、時間への、あるいはいのちそのものへの、畏れと敬意、喜びや哀しみ。

どんな思想も宗教も絵画も文学もみな、神秘を神秘として受け止める心から生まれてくるのだろうとハナは思う。


空がまるで洗いたてのシーツのように隅々まで晴れた日の日中、ハナの心はせわしない。部屋の奥で書きものなどしているのがもったいなく思われ、つい外へ外へと気持ちが向いてしまう。

「仕事は大丈夫なんか。〆切とか」

と、トキヲのほうが気を揉む。

「うん。夏の休暇中ってことでペース落としてるし」

たとえ休暇中でなくとも、田舎の一軒家で暮らしていると執筆にだけかまけているわけにはいかない。庭の手入れ、道の草刈り、木々の枝払い。敷地とほぼ地続きの畑を亀吉さんから借りて以来、野良仕事に費やす時間も増えた。

「まあ、俺で代われることは、こっちにおる間はなんぼでもしたるけど、細かい作業まではようせんからなあ」

トキヲが言うのは、小さなポットへの種蒔(ま)きや、そのポットから根を抜いて畑に植え付ける移植作業などのことらしい。ふだん大工としてあれほど細かな仕事をこなしているはずの指先が、種をひと粒ふた粒蒔くとか、苗の根っこを傷つけないように土へ下ろす段になると、とたんに不器用に変貌するのがハナには可笑(おか)しくも愛しい。

そのかわり、力仕事は全面的に頼ることにしている。堆肥(たいひ)や牛糞(ぎゅうふん)などを鍬(くわ)で畑土に鋤(す)きこんだり、根もとの風通しや水はけを考えて畝(うね)を立てる、そんなふうな作業を、トキヲは自分から買って出て黙々と手伝ってくれる。

いつ頃まで南房総のこの家に滞在できるのか、彼ははっきりとは言わないし、ハナも訊かない。一人親方として独立してはいるものの、断るに断れない頼まれ仕事もあって、どうしてもと呼ばれてしまえば大阪へ帰らないわけにはいかない。あらかじめ決めた通りに休めるわけではないのだ。

だから、トキヲの携帯電話が鳴るたびハナの心拍は疾る。ようやく巡ってきた二人の時間が、その音によって打ち切られてしまう気がしてどきどきする。

でも極力、顔には出さない。何も気にしていないふりでどこかあさってのほうを眺めやるか、自分から席をはずす。せっかく今を一緒に過ごしているのに、また離れなくてはいけなくなる時のことばかり考えて、悲しさや寂しさを先取りしたって何の意味もないと、理性ではわかっているからだ。

口に出せない気持ちをわかっているからだろう。トキヲは夜になると、それは念入りにハナを〈抱っこ〉する。

何やかやでいつもより遅く目覚めたその日、二人はブランチを用意して海辺へ出かけることにした。

提案したのはハナだ。鮭と昆布とタラコのおにぎり、自家製のぬか床に漬けたみずみずしい胡瓜の漬けもの。おかずは、トキヲのリクエストで鶏の唐揚げと、甘くない卵焼きになった。

冷えた缶ビールの入ったクーラーボックスと、麦茶の水筒をさげたトキヲは、膝丈の半ズボン姿で、その昔セミやトンボの虫かごを得意げにぶらさげていた頃とちっとも変わらない。ハナのほうは、お弁当を詰めた籐のバスケットを持つ。お気に入りの日傘をさし、生成りの麻のワンピースに、足もとはビーズ刺繡がほどこされたビーチサンダルだ。

東京を離れてから、クローゼットや靴箱の中身がずいぶん変わった。以前はプライベートでもそれなりにきちんと見える格好をしていたのが、房総の家では、アジアやアフリカの古い布を継ぎ合わせたスカートにシンプルなTシャツを合わせるなど、身体を締めつけない服装でいることが増えた。おかげで身体の線もゆるゆると曖昧に滲んでいくばかりだが、トキヲがそれでかまわないと言うのだから、かまわないことにしている。

家から海までは、歩いて十分もかからない。目の覚めるような青、蒼、碧のグラデーションを見はるかし、トキヲが大きな深呼吸をする。

「底抜けに気持ちのええ海やな」

「だって、太平洋だよ。水平線の向こうはハワイとサンフランシスコだよ」

「おおざっぱな女やの、相変わらず」

防砂林として植えられたりっぱな松の木陰を選び、シートの代わりに持ってきた使い古しの青いテーブルクロスを敷き、四隅に石や流木をのせた。

白く乾いた砂が眩しい。唐揚げをつまみにビールを飲み、握り飯を旨い旨いと頬張るトキヲの後ろに、薄桃色の浜昼顔がいくつも咲いている。

ハナは、汗でずり落ちてきたサングラスを押しあげた。

日陰にいても、陽射しが瞳に刺さって痛い。砂の上ではね返る紫外線が、肌を炙(あぶ)って熱い。

子どもの頃や若い時分は、夏という季節がばかみたいに好きだった。このまま永遠に夏が終わらなければいいのにとさえ思っていた。それが、ふと気づけばこんなにも体力がなくなって、日に曝(さら)されるだけで抜いた草よろしくくったりと萎(しお)れてしまう自分がいる。火の玉のような夏のエネルギーと、とうてい互角には渡り合えなくなりつつある。

梅雨が明けたばかりでもうこの調子では、これからの夏をいったいどうやって乗り切ればいいのだろう。

「あー、食った食った、旨かった」

ごろんと仰向けになったトキヲが、ハナの膝に頭を乗せる。敷きものからはみ出した脚は、同時に木陰からもはみ出して、あちちっ、と灼けた砂の上で跳ねた。

「気ン持ちええのお」

しみじみとした言葉に、ちょっとびっくりした。

「……ほんと?」

「おう、最高や。この、尋常やないくらい照りつけるお日さんがまた何とも。おおきにな、ハナ姉。海辺で飯やなんて、ええこと思いついてくれて」

「よかった。〈なんでわざわざこんな暑いとこ〉って、文句言われるかと思った」

「あほう、夏は暑うてナンボじゃ」と、トキヲが苦笑する。「まあ、いうても、これが仕事やったら全然ちゃうこと言うやろけどな」

ハナが黙って微笑み返すと、トキヲは満足げに目を閉じ、ビールの酔いが回ったか、まもなくすうっと寝息を立て始めた。

いつ見ても、端整な寝顔だ。灼けた額も頬も、上等のなめし革のように滑らかに張りつめている。歳の差はほんの幾つかでしかないのに、彼のほうはまだ、生きものとして充分に若いのだ。思い知らされて、海の彼方(かなた)へと目を投げる。

水平線から湧きあがる雲が、ゆっくりと確実に量感を増してゆく。夏にしか、それも海の上でしか見られない、白い巨人のような雲だ。

わずかでもお湿りがありますように、とハナは祈った。

空の高みから撒(ま)かれる天然の打ち水。熱を孕(はら)んでいた世界が、さあっと冷やされて落ち着きを取り戻す。夕立はすぐに上がるけれど、そのあとに吹き渡る爽やかな風は心地よくて、おのずと背筋が伸びる。

ああ、そうだ。今の自分の体内にはもう、若かった頃のむやみやたらな熱量はない。けれどそのかわり、夕立の後のような落ち着きを手に入れることならできるかもしれない。

水を打って黒々と沈む石畳。しっとりと濡れた苔庭や、風にそよぐ竹林。たとえばそんな、涼やかな静謐(せいひつ)さを身にまといたい。そういうふうな歳の重ね方を、したい。

波音が、寄せては返す。

松林の梢(こずえ)を揺らして風が渡ってゆく。

浜昼顔の花が震え、恋人の髪が額にかかる。

波音が、また寄せては返す。

いきなり電子音が鳴り響き、ハナの膝は跳ねた。今このひとときにはあまりにも似つかわしくない耳障りな音だ。

ぎょろりと目を開けたトキヲが、起き上がりながらポケットに手を突っ込む。携帯を開く前から、彼の表情が陰ったことでわかった。

「……まいど」

耳に当てながら、トキヲがじっとハナを見つめる。

夏の休暇が終わってゆく。

葉月
〜空に咲く花

とうに咲き終わった紫陽花の茂みが、おばけのように伸び放題に伸びて通り道をふさいでいるのを、植木ばさみで一枝ずつ切りつめてゆく。次の花芽が作られる前に切っておかないと、来年はあの虹色ににじむ花が見られなくなってしまう。

切り落とした枝がばさりと足もとに落ちた時、気づいた。周囲がぎざぎざの葉の上を、大きなカタツムリが這っている。ベージュの殻に、くっきりとした焦げ茶の渦巻き模様。枝ごと拾い上げ、もとの株の葉の上へとそっと移してやる。重みを受けてうなだれた葉は、今朝がた降った雨でまだ濡れていて、カタツムリはその潤いを借りるようにしながら茂みの奥へとゆっくりゆっくり這い進んでゆく。

そういえば亀吉さんは、カタツムリのことを「めぁめぁ」と呼んでいた。おそらくはカタツムリの別称「まいまい」から来ているのだろう。ちなみにナメクジは「はだかめぁめぁ」だそうだ。名前だけ聞くと可愛らしい。

風に乗って笛の音がかすかに聞こえてくる。小一時間前に、神輿の行列が近くを通り過ぎていったところだ。ひとりで聞く祭り囃子はどこかもの寂しい。つい、トキヲの不在を思ってしまう。

去年はちょうど彼が休暇を取ってこちらへ来ていたので、二人で浴衣を着て、神社まで歩いて出かけた。

〈下駄もええけど、俺はどっちか言うたら雪駄やなあ〉

トキヲがそう宣うので、黙って畳表の雪駄を、それも目の細かい南部表のものを用意した。グレー地の蚊絣を着せかけ、白い博多織の角帯を貝の口に結んでやると、

〈浴衣なんか、せいぜい旅館に泊まる時くらいしか着たことあれへん。こんなちゃんとしたもん、生まれて初めてや〉

トキヲは照れくさそうに笑った。

ハナはといえば、藍と白の有松絞りに、蛍の柄の夏帯を角出しに結んだ。若草色の三分紐を締め、帯留めは銀細工の団扇。髪を結い上げ、赤い鼻緒の桐下駄を素足に履くと、

〈めっちゃ可愛らしぃで〉

トキヲは相好を崩した。

〈この歳になって言われても〉

〈ほな、綺麗やで、とか言われたいんか。欲の深い〉

うけけ、と笑ってから、真顔になった。

〈俺な、ハナ姉の足の指がな、昔からめっちゃ好きやねん〉

いきなり何を言いだすのか。

〈覚えてるかな。姉ちゃんが中学生の頃、夏休みにしばらく大阪へ来とったことがあったやろ〉

〈ああ、あったね。久しぶりに遊びに行きたいって言ったら、おばさんが何日でも泊まってってていいからって〉

〈俺、あん時、四年生か五年生ぐらい。しょっちゅう姉ちゃんのこと盗み見しとった。デニムの短パンから伸びた白い脚やら、裸足のつま先をな。たしか、ヒマワリの飾りのついたビーサン履いてたやろ〉

言われてみると確かに、そんなビーチサンダルを持っていた気がするのだった。昔のアルバムでもめくればどこかに写っているかもしれない。

〈あの頃から、姉ちゃんのあの足の指、さわりたいなあ、いっそぺろんと舐(な)めてみたいなあ、てずーっと思てた〉

絶句するハナに、

〈ま、今となってはおかげさんで心願成就っちゅうわけや〉

トキヲは、にやりと笑って先に立ち、祭りの雑踏の中でもはぐれないよう手を引いてくれた。夜店からこぼれる明かりに照らされた参道、彼が一歩踏み出すたびに、浴衣の裾から雪駄の畳表とそこだけ白っぽい足裏とがひらりひらりひるがえり、見下ろしながらついてゆくと眩暈(めまい)がしたのを覚えている。

太鼓と笛の音が、先ほどまでよりはっきりと耳に届く。海からの風に変わったらしい。

切り落とした紫陽花の枝をまとめて庭の隅へ片付け、外の水道で手と足を洗ってから家に入った。冷蔵庫の中をざっと検分し、お昼は何にしようと思案する。去年トキヲと食べた屋台の焼きそばが美味しかったのを思いだしても、ひとりでわざわざ作るのは面倒だった。

きれぎれの祭り囃子が、草むらの虫の音と入り混じるのを聞きながら、夕方まで机に向かって書きものをした。

夏も盛りを過ぎると、朝夕はかなり涼しくなる。膝の上では、三毛に近いキジトラ模様のユズが丸くなっている。

先月トキヲが来ていた間はできるだけ彼と過ごそうと仕事をセーブしていたが、自分と猫一匹の生活だと、かえって時間を持て余す。家の中を掃除し、洗濯し、庭や畑の手入れをするだけでは、一日は長すぎるように思えるのだった。

ここでの暮らしは、じっくり内省に耽（ふけ）るには向いているけれど、まだ身体がきくうちは、できるだけ他者と出会い異物と出合う機会を積極的に作らないと、気づかないうちに小さく凝り固まってしまいそうな気がする。それは常に、一つの恐怖としてハナの心の奥底にある。

いろいろな書き手がいる。いろいろな考え方があり、いろいろなやり方がある。書くことに人生を賭（か）けている人もいれば、書くことで自尊心を保とうとする人もいる。単に収入を得る手段と割り切っている人もいるし、命がけの自慰のようにやめられずに書き続ける人もいる。誰しも自分の思うようにしかできないし、またそれだからこそ尊く、滑稽で愛しい。

ハナ自身はといえば、ものを書く立場の人間であることを、自分の駄目さ加減の言い訳に使ってしまいがちなところがあるから、その点は気まずく目を伏せるしかないのだけれど、それでもなお切実な思いはあるわけで、それが何かと訊かれても名前を付けられるようなものではないからこそ、小説や随筆を書き続けているのかもしれない。読んでくれる誰かの心にささやかな花を咲かせることができるよう、真摯に、地道に、こつこつと。

〈人生三日坊主〉を地でゆくハナにとって、こつこつ、などという表現があてはまるのは、書くことに関してだけだ。

外がすっかり暗くなってから、いつものようにトキヲに電話をかけた。お疲れさま、とねぎらったあとは、「ごはん食べた？」と「メシ食うたか？」が完璧なユニゾンになる。

トキヲが先に、

「おう、俺は食うたで」勢いよく言った。「仕事済んで帰ってきてから、おふくろが作ってくれた。枝豆と、野菜炒めたんと、肉焼いたんとな。風呂上がりのビールはほんま最高やで。お前は？」

冷たいビールがよほど旨かったのか、機嫌がいい。なんとなく置いてきぼりにされたような気持ちで、ハナは答えた。

「うん、食べたよ。今夜は焼きそば」

「ほう、ええなあ」

「お昼にって思いかけてやめたけど、やっぱり食べたくなっちゃって。今日こっち、お祭りなの」

「ああ、そうか、もう一年か。どやった、今年は」

「行ってない」

「へ？　ほな、焼きそばは」

「自分で作った」

「なんでわざわざ。ちゅうか、なんで行けへんのや」

「うーん……まあ、なんとなくね」

ハナの口ぶりに、何かしら感じたらしい。電話の向こうで、トキヲが仕方なさそうに苦笑する気配があった。

「俺がおらんと、祭りも一人で行かれへんのか」

「行けないわけじゃ、ないよ。たまたまその気にならなかっただけだよ」

「けど、花火もあんねやろ。あの豪勢なん、今年もぼんぼん上がるんちゃうんけ」

「そのはずだけど」ハナは時計を見上げた。「あと十分くらいかな。音だけは、そっちにも届くかも」

ため息が聞こえた。しゃあないやっちゃな、という呟きのあと、

「ハナ姉。靴、履け」

「え?」

「ええから、このまま電話切らんと、さっさと靴履いて海まで歩け。漁港のほうとちゃうぞ。こないだ一緒に弁当ひろげて食うた、あの海っぺりや」

ようやくハナにもトキヲの意図がわかった。先月ランチを広げた砂浜が、じつは花火見物の穴場であることを、去年、神社から歩いて帰る時に初めて知ったのだ。

「慌てんと、ちゃんと戸締まりせえよ。それとその鍵、いつまでも手に持ってんとポケット入れとけ、のうなるから」

どこまでこちらの習性を見抜いているのか。悔しく思いながらも、急いで猫を膝からおろし、玄関でサンダルを履き、戸締まりをした。昼間、紫陽花を刈り込んでおいたおかげで、前庭はすっきりと歩きやすくなっている。

夜空は晴れ、星がよく見えた。風はほとんどない。打ち上げ花火にはもってこいだ。

ひと月前には日傘をさし、バスケットや水筒をさげて二人で歩いた道を、今夜はひとりで歩いてゆく。月は明るく、夜道に寂しい影がひょろりと伸びる。

「思いだすなあ」トキヲが言う。「去年の姉ちゃんの浴衣姿、ほんま色っぽかったで。俺、ぞくぞくしたもん」

「そういうことを言わない」

「出かける前から俺、絶対あとで悪代官ごっこすんねん、よいではないかよいではないかあーれぇー、って帯くるくるくるすんねん思て、めっちゃわくわくしとったのに、帰ってからハッと気ぃついたら、ハナ姉、さっさと浴衣脱いで普段の服に着替え終わってて……。あん時ゃほんま、目の前くらくらぁーってなったわ。男心のわからんやっちゃで」

今さら大まじめに文句を言う。こちらのほうこそ男心のあほらしさにくらくらしながら急ぎ足で歩くうち、国道に出た。向こう側へ渡ればもう、あの砂浜だ。

「よかった、間に合ったよ」

と、その時だ。

後ろの空がぱあっと明るくなり、ふり返ると同時に、どぉん、と音が響いた。赤、緑、黄、橙（だいだい）、青、立て続けに打ち上げられる花火の振動が、折り重なってお腹の底に伝わる。まばゆい光の輪が夜空に高々と弾（はじ）け、火の粉が散り、細い糸のような残像をにじませる。

「どや」

すぐ耳もとで、トキヲの声が言う。

「すごい。二人で見てるみたい」

「あほう。二人で見とんねん」

胸の奥がぬくもって、じんわり痺れる。

「ありがとね、トキヲ」

「いや。今年は、一緒におってやれんですまんかったな。来年はまた、並んで見よな」

「うん」

「で、そん時はそのまんま、悪代官ごっこしよな」

特大の一発が高々と打ち上げられた。

轟音にかき消されて聞こえなかったふりをして、ハナは、さらに幾つもいくつもひらいては散る大輪の花に見入る。

長月
～ひとりの夜

台風が近づいている。今夜には房総半島を直撃するらしい。雨や風も心配だが、ハナは、午後の予定を思って気が重くなった。夕方、近くの医院に予約を取ってあるのだ。

風邪なんて、薬を飲んで寝ていれば一週間で治る。

薬を飲まなくても、寝ていれば一週間で治る。

そう信じていたハナにとって、医者にかかるなどよほどのことと言っていい。それもこれも、今日の昼間、電話で叱られたせいだ。

「あほか。なんでもっと早よぅ医者行かへんのじゃい」

そもそも台風が心配で電話をかけてきたトキヲは、ハナの声を聞くなりあきれかえったように言った。

「ちゅうか、なんで俺に黙ってたんや」

もちろん、聞かせたら心配をかけると思ったからだ。

「大丈夫だよう」

「大丈夫やあるかい。何ちゅう声や、それ。俺、ヒキガエルと喋りとうて電話したんやあらへんのじゃ」

ハナが、でひでひでろでろと変な声で笑うと、あほう、笑いごっちゃないわい、とまた叱られた。

昨日までは、ふつうに話せていた。だから内緒にもしておけたのだ。

喉が痛んで咳が出始めたのは一週間ほど前だが、いよいよ発熱したのは昨夜のことだ。一生懸命に水を飲み、大量に汗をかいては着替え、朝方トイレに起きたついでに熱を測ってみると、どうにか三十七度台に下がっていた。ただ、咳があまりにひどかったせいだろう。「ユズ」と猫の名を呼んで初めて、声ががらがらにひび割れていることに気づいた。

「大丈夫、あとはもう咳だけだから。日にち薬で治るよ」

とハナが言うのに、

「やかましい、とにかく医者だけは行ってこい。ええな」

トキヲはもどかしそうに念を押した。

「今すぐ予約取って、今日のうちに行け。診てもろて、戻ったらまた報告せえ。絶対やぞ」

言い含められ、半ば仕方なく、ひび割れた声で予約を取ったのだった。

車で出かけてみると、海沿いの国道は重苦しく沈み、鈍色の海はひどく荒れていた。陸へ引きあげられた漁船の腹にフジツボがびっしりとこびりついているのを横目で見ながら、医院の駐車場に車を停める。ハナよりもかなり年下であろう院長は、口の中をひょいと覗いて言った。

「喉はそんなに腫れてないですね」

「えっ」

と言ったつもりの声が、掠れて出ない。水を飲むのも痛いのに、それでも腫れていないとは、すごいな私ののどちんこ、とハナは思った。それとも医者が藪なのか。

「症状はもうしばらく続くかもしれませんが、すでに治りかけてますから。ま、声を早く治したかったら、できるだけ喋らないようにするしかないですね」

それでおしまいだった。

（ほうらごらん。今さら診てもらってもあんまり意味なかったじゃない）

西のほうにいるひとに、心の裡で文句を言ってみる。とはいえ、ああしてうるさいくらいに心配してもらえることそのものはやはり嬉しいのだ。

面倒くさい女だと、自分でも思う。押さえつけられるのは大嫌いだが、甘やかな束縛ならまんざらでもない。干渉されるのは鬱陶しいが、かまってくれないと寂しくなる。

激しさを増す雨の中を薬局に寄り、処方された薬をもらって帰る。風呂場に直行し、髪や肩先や足をタオルでばさばさ拭いていると、ユズがそばへ来た。ハナの顔を見上げ、つまらなそうに鳴く。外へ出してもらえないのが不服なのだ。

「今日は駄目。これからおっきい台風が来るからね」

そう言う声もみごとに掠れていて、ハナは苦笑した。

〈できるだけ喋らないように〉

トキヲへの報告は、それを口実に文字で打つことにしよう。こんな声を聞かせて気を揉ませるのはかわいそうだ。

日暮れ時、ほんの少し小降りになった隙を見計らって家の周りのものを片付け、移動できないものは飛ばないように固定し、雨戸をたててまわった。全身ずぶ濡れになった。

縦横無尽に吹く強い風が、あたりの木々の梢や電線をびょうびょうと鳴らす。無数の雨粒が、屋根や戸を打ちすえる。

夜半には停電があった。ほんものの闇の中、手探りでスマートフォンをさがしあて、その明かりで足もとを照らしながら壁づたいに移動する。暗くても目の見える猫がうらやましい。

ようやく見つけたアロマキャンドルに火を灯す。そのトキヲが忘れていったジッポーのライターを、御守りのように握りしめる。トキヲは、台風情報を気にして〈そっち大丈夫なんか〉とメッセージをくれたが、ハナが停電のことを書き送ると、万一に備えてスマートフォンのバッテリーを温存するべく、何かあった時だけ報せるようにと書いてよこした。

古い木造の家は、強い風にさらされるたび、ぎし、みし、と軋む。台所の椅子に腰掛け、ラベンダーの香りのキャンドルを頼りに物思いをノートに書き連ねていると、ユズが不安げに鳴いて膝に乗ってくる。

「大丈夫。大丈夫だから、ね」

猫の、丸くて滑らかな背中を撫でながら、ハナは想像してみる。屋根の上空、高いところから見下ろすこの家はきっと、嵐の海を漂流する小舟のようだろう。さかまく波のかわりに激しい雨が降り注ぎ、稲光が閃(ひらめ)いては屋根瓦(がわら)を照らしだし、ちぎれた枝や、どこかから飛んできたトタン板などが宙を舞う。何しろ古い家だ、あおられた屋根がいつ、めりめりと音を立てて吹き飛ばされないとも限らない。

気がつけば、咳が止まっている。薬が効いているせいか、それとも緊張のせいだろうか。

考えても仕方がない。いくら怖れても危ぶんでも、台風が早く過ぎていってくれるわけではない。今夜は、こういう夜なのだ。自分にできることはもう全部やり終えたのだから、あとのことは天に任せるしかない。

裏の土手の上のほうで、めりめりめり、と木が裂(さ)ける音がする。もしもの時のためにキャンドルだけは灯したままにしたが、嵐が過ぎてゆくまで起きて待つつもりはなかった。

ひと部屋きりの洋間、その面積のほとんどを占めるベッドに潜り込む。独り暮らしになってからも寝るときくらいのびのびと手足を伸ばしたくて、思いきってダブルサイズにしたのだった。先見の明があった、と言うべきだろうか。トキヲが来ると、これでも狭い。

こんな時、もしそばに恋人がいたなら、自分はもっと弱かっただろう。身も心も頼ってしまっていたに違いないし、彼のほうもまた、頼られることで自分の男らしさと存在意義を確認できていただろう。それはそれで、男と女の間には、時に必要な時間かもしれない。

けれど、女ひとりと猫一匹がただ寄り添い、荒れ狂う嵐の音を聞きながらじっと耐えるこの夜には、何かが吹っ切れて別のものへと更新されてゆく清々しさがあった。これまで後生大事に頭上にかかげ、自分を護っているつもりでいたちゃちな屋根を、吹き荒れる雨と風にめりめりと剝がされ、丸裸にされてしまうかのような。

〈こっちは心配ないからね。おやすみ〉

トキヲにそれだけ書き送り、温かな猫の体を抱えて目を閉じる。胎児のように丸くなる。川の濁流を思わせるほどの雨音に、いつしか意識が遠のいてゆく。

幼い頃は、「台風一過」と耳で聞くたびに、そうか、台風にもお父さんやお母さんや子どもがいるのか、と納得していた。「台風一家」と勘違いをしていたのだ。

いま、見上げる空はぴかぴかに澄みきっている。雲という雲は風に吹き飛ばされ、塵という塵は雨に洗い流されて、さっき雨戸を開けたとたん、あまりの陽光の眩しさに目がくらんだほどだ。

ただし、足もとは別だった。方々からありとあらゆるものが飛んできて、ぬかるみに貼りつき、枝にからみつき、そして悲しいかな、ハナが丹精した庭や畑の植物たちは無残に倒されて泥や水に浸かっていた。もうじき咲くはずだった秋薔薇のつぼみは茎から折れ、つる植物の支柱は壊れ、果樹の大枝も裂けている。せっかく甘みを増し始めていた名残のトマトなどはほとんどが土に落ち、傷の付いたところから汁がにじみ出していた。

長靴に履き替え、それらの救助作業に取りかかる。倒れたものを抱え起こしては支柱を立て直し、できる限りの手当てをし、それでもどうしようもないものは潔く抜いて処分する。

生活がかかっているわけではないからまだあきらめがつくけれど、農家にはどれほどの被害があったことだろう。あとで亀吉さんのところへ様子を聞きに行ってこようと思った。自分にできることがあるなら手伝わせてほしい。

と、ポケットの中で呼び出し音が鳴った。

「おう、どや、そっちは」

濁声が耳に届く。

「ひどかったみたいやな。外、えらい事なっとんちゃうんか」

「うん、今、外にいるんだけど」

「どないや」

「えらい事なっとる」

あー、と唸って、トキヲが苦笑する。

「行ったりたいけど、すまん、すぐには無理そうやわ」

「わかってる。大丈夫、家そのものに被害はなかったし」

「お、声、ちょっとマシやがな」

言われて気がついた。まだ掠れはするが、昨日ほどではない。喉の痛みもかなり治まって、今朝は卵雑炊を苦労なく飲み込むことができた。

そう言ってみると、

「治りかけが肝心やねんからな、ええな、無理すなよ」

トキヲはまるでオカンのような心配をした。

「外の片付けもや。いっぺんにやるなよ。ちょっとずつ、ゆっくりやぞ」

うん、うん、と話半分に聞きながら、抜けるような空を見上げる。

いつのまにこんなに蒼く、高くなったのだろう。古くなった空が一枚きれいに剥がされて、もうすっかり新しい秋の空だ。

とんびが一羽、太陽のそばを舞っている。笛を吹くような寂しい声が、天の高みからかすかに降ってくる。

「トキヲ」

急にたまらなくなって呼ぶと、

「うん？」

やけに甘い声が返ってきた。

「あのね。大丈夫だよ、こっちは」

「おう、そか。せやな、お前はそういうとこ、案外しっかりしとるからな」

「うん。でも——逢いたいよ」

ちょうど、煙草を一服吹かすくらいの間があった。

「俺もや」

と、恋人は言った。

神無月
～金色の香り

もっと若かった頃、恋愛はとても不自由だった。相手を好きだと思う気持ちのほかに、考慮しなくてはいけないことがたくさんある気がしていた。

このひととの将来、とか。結婚適齢期、とか。出産する場合のリミット、とか。互いの家、家族、それに経済的な問題とか。

いろいろ考えていたわりに、結婚は二度して二度ともリセットすることになったし、どちらの夫との間にも子どもは生まれなかったので、別れてしまえば相手の家族との縁も自然に切れた。

前もってよけいなことを気にしても意味はない。ひとは畢竟(ひっきょう)、その時々の精いっぱいで生き、流れ流されてどこかにたどり着く。流れ着いた先で、日々を少しでも愛おしく思える瞬間があるのなら、それこそは幸せというものなのだろう。

今となっては、適齢期についても産むためのリミットも、考える必要がなくなった。この歳にもなって何をやってるんだろうと後ろ向きな気持ちになってしまう時もたまにはあるけれど、恋に、適齢も不適齢もありはしない。落ちてしまえばそれが答えだ。

いま手の中にある恋愛は、若かったあの頃よりもいくらか自由に思える。邪魔をするのは分別くらいのものだ。その分別のせいで、たとえば仕事でなかなか逢えない時に寂しい気持ちを口に出すのは昔よりも難しくなったけれど――わかっていながらどうしても我慢できずに唇からこぼれた想いを、恋人は、ちゃんとすくい取ってくれる。

「そらまあな。ほんまに逢われへん時に〈逢いたい〉言われたら、俺にどないせえっちゅうねん、思たりもするけどな」

運転席の窓をおろしたトキヲが、煙草をはさんだ右手をハンドルに置く。煙が外へと流れるようにしてくれているのだが、ハナは、彼の吸う煙草の匂いが嫌いではない。

ひんやりとした風が吹き込んできて髪を嬲(なぶ)る。ついこの間まで肌をちりちりと灼いていた陽射しも、すっかり柔らかな金色に変わって、眩しいような香りがする。

「けどまあ、その〈逢いたい〉が〈今すぐ来い〉てな意味ではない、いうことくらい、俺にもわかるしな。そうかそうか、ふんふん、言うて流しといたらええねやろなあと」

ハナは笑ってしまった。

先月の電話を思いだす。台風の夜をどうにかやり過ごした後、恋人の声を聞いた時のあの気持ち。たいがいのことは自分ひとりでもできる、けれどそれはそれとして、彼の体温が恋しくなる時がある。誰かの、ではなく、彼の体温が。

〈逢いたいよ〉というこちらの言葉に対するあの時の〈俺もや〉は、そうかそうか、ふんふん、というニュアンスではなかったような気がするけれど、まあいいや、と思う。そういうことにしておこう。

実際、トキヲの対応は正しいのだ。逢いたい、というのはあくまでもその瞬間の気持ちの色合いなのであって、言われたほうも適当に応じておいてくれれば丸く収まる。それなのに、まるで自分が責められたかのようにむきになって、〈そんなこと言われたって仕事なんだからしょうがないだろう〉とか〈どうしたって無理なことをわざわざ言われてもさあ〉などと真面目に返されたら、むしろこちらが困る。そこを間違える男が世の中にはたくさんいる。

「ほんまは俺かて、もうちょっと一緒におってやりたいねんけどなあ」煙が、窓の外へと流れる。「すまんな」

「どうして謝るの」

「いや、現場が詰まっとると来られへんから」

「そんなの、トキヲのせいじゃないよ。私こそ、仕事の自由度は高いはずなのに、なかなか大阪へ行けなくて」

「そらしゃあない。猫がおるんや。それに、どこでも書ける言うけどそんなことないやろ。家やないとほんまに集中はでけへんやろが」

トキヲがハナの家の庭に車を乗り入れたのは、昨日の朝だ。〈お帰り〉とハナは言い、〈おう、ただいま〉と彼は言った。逢うのは三ヵ月ぶり、海辺のピクニックからこちらトキヲはずっと地元での仕事が忙しく、休みなど取る暇もなかった。

「ま、今から悩んでもしゃあない。俺らの間のことは、そのうちゆっくり考えたらええねん。いま急いで考えなあかんことのほうを先考えな」

ハナは、うなずいて、行く手に目を戻す。

向かっているのは東京、ハナの実家だ。

昔、父親の仕事の都合で大阪に住んでいた頃、ハナとトキヲは隣同士で行ったり来たりしながら、幼なじみというよりは姉と弟のように育った。だからもちろんハナの両親はトキヲのことをよくよく知っている。けれどあれから数十年の時を経て、いま二人がこういう関係であることを理解しているのは、父親のほうだけだ。先月から完全に施設に入所した母親は、トキヲがあのトキヲであることがわからない。それどころか、ハナが自分の娘であることさえ、一時間くらいそばにいた後でようやくわかってくる。見ただけで誰だか判別がつくのは、かろうじて自分の夫の顔だけだ。

南房総から、片道二時間ほど。海の上を走る道路が海底トンネルへと吸い込まれ、長いながい暗がりを抜けてまた明るくなると、もうすぐそこは東京だ。

実家のマンションでは、独り暮らしとなった父親が、すでに杖を握り、禿げ頭にベレー帽を乗せて待ちかまえていた。車の免許を持っていないので、いつもはわざわざタクシーを呼んで妻に会いにゆくところを、ハナたちがいれば行き帰りのことを何も心配しなくていいし、ついでに日用品の買い物も済ませられる。それがありがたい、と父親は言った。

施設の部屋に入っていくと、車椅子に座った母親は訝るようにじろじろとハナたちを見た。

「母さん、来たよ」

と言っても反応はない。父親が下の名前を呼び、「ほれ、お父さんですよ」と口にして初めて、ふっと安心した表情になる。

ちょうど昼食の時間で、ふだんは担当のスタッフが介助してくれるのだが、今日はハナが隣に座って食べさせることになった。おからの煮物やほうれん草のごま和え、ほぐした焼き魚や豆腐の味噌汁などを、柔らかめに炊いたごはんと交互に少しずつ口へ運んでやると、母親は歯のない口を思ったより素直に開き、もにゅもにゅと食べた。

「美味しい?」

様子を見ながら訊くハナに、母親は言った。

「まあまあ」

見ていた男二人が思わず噴きだす。

「おばちゃんはほんま、昔から変わらんなあ」

トキヲが笑いながら言うと、

「誰?　このひと」

と母親が首をめぐらせる。

「さあ、誰や思う？」

　ここへ来るたびに、ほとんど同じやり取りをしている。

「うーん、なんだか見たことあるような気もするけど」

「トキヲや」

「ときよさん？」

「ちゃう、トーキーヲ。むかぁしな、これっくらいちいちゃい頃、おばちゃんにはほんまよう可愛がってもろたんやで」

「そうだったかねえ」すっかり痩せて白髪の増えた母親が、まるで少女のように首をかしげる。「知らないわ」

「ええよ」トキヲはあっさりと言った。「なーんも無理に思いださんでええ。俺が覚えとったら、それでええねん」

　どれ、肩でも揉んだろか、と立ち上がり、後ろからゆっくり肩を揉む。母親はうっとりと目を細め、ああどうもありがとう、気持ちいいわあ、ありがとう、とくり返す。

　ハナは、腰掛けている父に蜜柑をひとつ手渡し、母にも皮をむいてやった。白い筋を取っては口に入れてやる。例によって、もにゅもにゅと口を動かす母のそばで、

「お、なかなか甘いではないか」

父が、合わない入れ歯をもにゅもにゅさせて蜜柑を食む。長年連れ添った夫婦は、やはり似てくるものらしい。

以前のハナは、母を訪ねるのが気鬱でならなかった。娘だと認識してもらうのに時間がかかるだけならまだいい。いつだったか一度、おそろしく他人行儀な笑顔を向けられ、

〈どなたか存じませんが、ご親切にありがとう〉

そう言われた時は背骨からだらだらと力が抜けたものだ。

今は、母親のどんな反応にもあまり動じなくなった。あたりまえのこととして受け止め、あるいは受け流すことができるようにもなった。

きっと、お天気と同じなのだ。母の頭の中は、曇りの日も雨の日もあり、気長に待っていればたまには晴れ渡る日もあって、そういうものだと思っていれば苦にはならない。苦にしても仕方がない。こちらが誰だかわかってもらえないからといってショックを受けたりするのは、ずっとこのひとの子どもでいたかったからだ。もう、充分ではなかろうか。半世紀もの間、子どもの役でいさせてもらったのだから、これからはこちらが代わって親の役を演じるくらいの気持ちでいればいい。

そんなふうに考えられるようになったのも、トキヲのおかげだ、とハナは思う。これがまるっきり赤の他人だったら……じっさいは他人に違いないのだけれど、かつてあんなにも親密に子ども時代を分け合った彼でなかったとしたら、今のこの時間はまったく違うものになっていただろう。

彼があのトキヲであるからこそ、父親だって素直に甘えられるし、リラックスしていられる。何もわかっていないように見える母親でさえ、そうだ。ぱっと見はいかにもむくつけきトキヲに、こんなにも安心して肩を預けているのは、その二つの手がもっとずっと小さかった頃に自分の肩の上にあったのを、どこか心の深いところで覚えているからかもしれない。

「ああ、もういいわ、もう充分」

顔を上げた母親が、肩越しにトキヲを振り仰いで言った。

「どなたか存じませんけど、ご親切にどうもありがとう」

はっと見やったハナの目に、トキヲの破顔一笑が飛び込んでくる。

「おう、どういたしまして。またいつでも揉んだるわな」

ひょいとハナのほうへ伸びてきた手が、蜜柑をひとつ摑(つか)んでさらってゆく。適当にむくなり、半分に割って口に放り込む。見ただけで、舌の根がきゅっと縮んだ。

母親の暮らす小さな部屋を、甘酸っぱい柑橘（かんきつ）の香りが満たす。庭先に揺れるススキの穂を、父親が黙って眺めている。

霜月
～最後の日々

窓を開け放っておけるのも、陽のあるうちだけになってきた。冷え性のハナの足先は、靴下をはいていてもすぐ冷たくなってしまう。

縁側越しに庭を、さらに庭越しにその向こうに広がる畑を眺める。ついこの間まで紫陽花の花が咲いていたはずの玄関までのアプローチに、今は野菊がわさわさと咲き乱れている。茶色に近いような濃い赤と、眩しい黄色、白。そこに植えきれなかったぶんが、裏手のテラスの側で咲いている。

斜めに射す秋の陽がきれいだ。トキヲも、もう少しいればこの光景が見られたのに、と思ってみる。先月、東京にいるハナの両親のもとを一緒に訪ねてくれた彼は、一週間ほどの滞在の後、また大阪へ戻っていった。仕事が途切れないのは彼の腕がいいからこそだ、と自分に言い聞かせ、その誇らしさを胸の裡でふくらませることで、ハナは寂しさを紛らわせる。

陽が、少し翳った。冷たい秋風に、小さな花々が揺れる。

今この庭に植わっている野菊はどれも、もとはといえば亀吉さんが初夏の頃にたくさんわけてくれたものだ。挿し芽で増やした苗だという。

「かあちゃんが好きだったもんでおぅ」

亡くなった奥さんの思い出を語るとき、亀吉さんの目尻には盛大に皺が寄る。

「墓の周りにもいっぺえ植えてやっただ。毎年、そりゃあもう極楽みてえに咲くだぁおぅ」

この世とあの世に分かたれてから後も、すぐそばにいるかのように相手を思いやることはできるのだ。

そういった関係は、ふだん遠く離れて暮らさなくてはならないトキヲと自分の仲と、何ら変わらないもののように思えて、静かに勇気づけられる。人生を先に立って歩いているひとの言葉や佇まいはしばしば、ハナの、ともすれば近視眼的になりがちな視線をすうっと遠くへ導いてくれるのだった。

庭から、手もとの原稿へと目を戻す。書こうとしているのは、古い付き合いの女性誌から依頼のあったエッセイだ。

都会から田舎へ移り住んで、変わったことと、変わらないこと。今の暮らしの中で、何を大切にし、何を愛おしいと感じるか。それらについて書いた文章に添えて、ハナ自身が長年大切に使ってきた愛用品の写真を載せたいとのことで、先月のうちに、編集者とカメラマンが来ていろいろなものを撮っていった。たしかトキヲが大阪へ戻る前の日だ。

彼がこの家にいる時に東京から仕事の来客があるのは初めてだったから、

「俺、邪魔やないか？」

などと気にしつつも、興味津々で撮影を眺めていた。

「この家、今風のしゃれたインテリアみたいなもん何にもないやんか。こんなもんばっかりで、ええのん？　雑誌のページ全体がこう、真っ茶色になってまうやん。ほんまに、ええのん？」

トキヲが冗談か本気かわからないことを言うから気を遣ってくれたのかどうか、編集者とカメラマンは、家の内外で何かしら見つけるたびに感動の声をあげ、一つひとつを丁寧に撮影してくれた。ハナが母親の台所から受け継いだ羽釜や土鍋、包丁。東北のイタヤ細工の行李（こうり）や、福島で作られる山葡萄（やまぶどう）の編み籠、すっかりいい色になった銅製のやかんや、韓国の錫（すず）製のスプーンや、短くなった山椒（さんしょう）のすりこぎや、食器棚にしている昔の和菓子屋さんの陳列ケースや、インドネシアで織られたストールを代用したのれんや……。

ほんとうだ。まさに、茶色っぽいものばかりだ。とはいえ、陰影の濃い部屋の中にそのまま置いて、あるいは光射す縁側に出して晴ればれと——撮り方によってモノの表情は変わり、所有者であるハナ自身も知らなかったような新しい魅力が伝わってくる。

「はああ……プロっちゅうのんはやっぱ、ちゃうのお」

とトキヲも唸っていた。

今どきは、いわゆる〈持たない暮らし〉が流行(はや)っているという。そのためには工夫が要るらしい。用途が重なるモノは絶対に二つ買わない、とか。服を買うときは古いものを一枚処分してから、とか。食器は何にでも合うように必ず白、とか。

自分にはとうてい無理だとハナは思う。それこそ雑誌などで、旅館の一室のようにモノのない、片付いているというより散らかりようのない部屋が紹介されているのを見ると清潔な感じがしてちょっと憧れもするのだが、やはり、一つひとつ思い入れのある品々が互いに仲良くひしめき合っているこの家のほうが好きだし、落ち着く。

ここには、たとえばコーヒーを淹れる道具に限ってみてもたくさんある。ポットもドリッパーもマグカップも、その時々の気分に合わせられるように何種類となく揃(そろ)っている。食器もそうだ。潔い真っ白な器も好きだけれど、釉薬(ゆうやく)が様々な表情をつくりだす民芸の器もいい。服はといえば、着たおしてくたくたになった布の感触も気持ちいいし、まっさらな麻のシャツが運んでくる新しい気分も大好きだ。とてもとても、どれかをあきらめるなんてできるわけがない。

当然、モノは増える。しまいきれないほど、増える。

そのかわりハナは、もったいないからと出し惜しみしないことにしている。〈とっておき〉の器や服はない。どんなに上等のものでもとっておかずに、ふだんにもどんどん使うし、着るし、洗う。用途を限ったりもしない。いわゆる花瓶はほとんど持っていない。百年前の純銀製の水差しも、古酒の入っていた焼きものの壺(つぼ)も、バカラのグラスもジャムの空き瓶も、値打ちや値段など関係なく何もかもが花器になるからだ。

特別な日のとっておき、などと構えなくても、人生には特別でない一日なんかないのだから、毎日、気分の上がるものを選んで、着て、めいっぱい使う。使われるのがモノの使命だ。使命を全うさせてやらずにとっておくだけでは、それこそもったいない。どうでもいい服を着て、どうでもいい器でごはんを食べていると、どうでもいい人生になってしまう。

そんなふうなことを、エッセイに書き綴（つづ）った。原稿用紙五枚ほどの文章を書きあげ、メールに添付して編集部に送ると、陽が傾きかけていた。

洗濯ものを取り入れて畳んだら、木通（あけび）のつるで編んだ大きな籠をぶらさげて、夕飯のための買い物に行こう。それから、いつものように、ちょうど仕事の終わったトキヲに電話をかけよう。

多くの人は、エッセイに書かれているのは〈ほんとうのこと〉で、小説に書かれているのは〈作りごと〉だと思っている。

〈ほんとうのこと〉というのが実際に起こった出来事という意味だとするならば、それもあながち間違いではない。

けれど、じつは逆だったりもするのではないかとハナは思う。エッセイを書いている間は自身に対してコントロールがきくから、誰かに知られて都合の悪いことは書かずにおいたり、脚色したりできる。が、小説はそうはいかない。どんなに冷静に俯瞰（ふかん）しながら書こうとしても、心の奥底にたまった汚泥までもさらうようにしながら書き進むうち、うっかりと、いちばん見せたくなかったはずの自分の一部をさらけ出してしまうことがある。そうして出てくる一行一行が作品そのものの凄みを増すと思えば、あえて自制心など取り払い、自らをコントロール不能の状態へと解き放つ場合さえある。小説こそは魔物であり、書き手すらも気づかないところで〈ほんとうのこと〉になりうるのだ。

思いだすのは、まだ今よりもう少しだけ若かった頃のことだ。公共放送の番組の企画で奥飛驒の山寺を訪ね、宿坊に泊まったことがあった。番組の主眼は、〈死を迎えるための訓練〉。遭遇するかどうかもわからない非常時のための災害訓練はあるのに、人間が等しく出合う死のための心の訓練がないのはおかしい——言われてみれば、確かにそうだ。

裏山の頂上にある御堂で仰向けに横たわり、ハナは、老住職の声かけによってゆっくりと瞑想状態に導かれた。片手をとって看取られつつ、静かに問答をする。

〈あなたの余命はあと一ヵ月と宣告されました。最後の日々、あなたは、誰にそばにいてほしいですか〉

〈どんなふうに過ごしたいと思いますか〉

〈誰かに、伝え残したことがありますか〉

〈今、何か後悔を感じていますか〉

考え考え、一つずつ答えてゆくうち、どういうわけだろう、喜怒哀楽のどれでもない、それでいてすべてを含んだ感情が胸の底のほうからせりあがってきて、閉じたまぶたからこめかみを伝って髪の中へと、熱くてぬるくて冷たいものがどんどん流れ込んでいった。嗚咽もなければ洟をすることもない、ただ流れ出るだけの静かな涙だった。風に森が鳴る音と、鳥の声、そしてカメラが回る音。季節はちょうど今時分で、朝まだきの山頂は晴れ渡ってとても寒く、住職の手の温かさが芯から沁みた。

ほかに勤行も座禅もしたし、二日にわたって精進料理しか口にしなかったので、身も心もすっきりした気分ではあった。

けれどいかんせん、煩悩が減った様子はまったく感じられなかった。

最後の夜、囲炉裏の火を囲んで、老住職にそんな話をした。小説を書くにあたって、自身のリミッターを解除しなくてはならない瞬間が巡ってくることや、もっと凄いものを書きたいと思うあまり、あえて道を踏み外すのを自分に許してしまう時があるといった話もしてみた。

「軀の中に、おろちみたいな化けものが棲んでいるような感覚なんです」ハナは言った。「なだめておこうと思うと、時々は餌を投げてやらなくちゃならなくて」

すると住職は、何度か深く頷いた後、ハナをまっすぐに見て言った。

「昔から、こういう言葉があってな。『山より大きいイノシシは出ん』」

ぽかんとした後、じわじわと何かがこみあげてきて、しまいには思わず大爆笑してしまったのを覚えている。

イノシシ、おろち、化けもの……。どんな名前で呼んでも変わりはない。どうしても軀から出ていってくれないその生きものをなだめ、魂鎮（たましず）めをするために、ハナは文章を書いて暮らしている。

それでも、あの山寺を訪れた頃と比べると、今はずいぶん変わった気がする。都会の騒乱を離れ、静かな田舎で暮らすようになったせいばかりではない。身の裡に何ものかを抱え続けるハナを、その何ものかごと抱きとめてなだめてくれているのは、トキヲだ。

〈最後の日々、あなたは、誰にそばにいてほしいですか〉

あの時はたしか、こう答えたのだった。そばにいるのは猫だけでいい。最後くらい、誰にも気を遣わずに独りでいたい、と。

トキヲの、獰猛（どうもう）なのにやんちゃな笑顔を思い浮かべる。それからふと、ああ、そうだ、と思ってみる。

明日にでも亀吉さんに頼んで、奥さんのお墓にお参りさせてもらおう。今ごろはちょうど、亀吉さんの植えた野菊が、この庭と同じかそれ以上に美しく咲き乱れているはずだ。

師走
〜月に祈る

朝早く、窓を開け、白い息を吐きながら部屋の空気を入れ換える。霜の降りた物干し竿やウッドデッキの手すりを雑巾で拭き、洗濯ものを干してゆく。

下着やタイツ、肌触りの優しい防寒用のシャツ。ほわほわと上がる湯気が逆光に透けて美しい。

足もとにまとわりつく猫に缶詰を開けてやり、一人ぶんの朝食の支度をしようと流しの前に立ったところへ、チリン、と仕事部屋のパソコンが音を立てた。

東京の父親からはほぼ毎日、こうしてメールが届く。勤めていた頃からワープロを使い慣れていたとはいえ、九十を過ぎた今も、メールの送受信ばかりか日用品のネット注文まで自分でやってのけるし、毎年の確定申告には表計算ソフトを使って一年分の細かい収支表を作成する。そういうこと全般にからきし弱いハナが、いったいどうやって使いこなせるようになったのかと訊くと、こともなげに言われた。

「本を読めば書いてある」

シャッポを脱ぐとはこのことだった。

白っぽい冬の光が射す机の前に座り、メールをひらく。

おはよう。
昨日は「大村庵（おおむらあん）」に行ってきました。
かあさんがまだ施設に入る前、ある日とつぜん蕎麦（そば）が食べたくなって、
一緒にタクシーで行こうと提案してみたのであるが、
どうしても賛同して頂けませんでした。
随分、長いことかかって説得に努めましたが、
いろいろと理由を並べて「話し合い」に努めましたが、
昼過ぎまでかかって、結局オヒルはスパゲッティーになりました。
しかし今では、かあさんは、寂しいが施設にいるので、
俺は一人で出かけられるわけだ。
昨日は「天ざる蕎麦」を注文しました。
出てきたのは、なんか貧相な天ざる蕎麦でした。

メニュウを見ると別に、「(上) 天ざる蕎麦」なるものがあり、どれほど違うのだと訊くと、エビがもっと大きくて二匹ついてるということでした。

九六〇円と一五〇〇円と、差がありました。

次に行ったら、上にします。

いささか、執念が、固まってきております。

ご期待を乞う。


読みながら何度か、ふふっと笑いが漏れた。あの父特有のシニカルな視線が、文章になると、とぼけたユーモアへ姿を変える。ハナはそれがとても好きだ。

認知症の進みつつある妻の面倒をまだ一人で見ていた頃、父親には自由な時間がまるでなかった。母親本人は、料理を含む家事全般を昔と同じに自分がしているつもりでいたけれど、実際はすべて父親が引き受けていたし、妻から数分ごとに同じことをくり返し訊かれても忍耐強く答えてやっていた。

ハナだって、何度も勧めたのだ。せめて週に一日か二日だけでも見てくれるような施設にお願いしたほうがいいよ、でないと父さんがまいっちゃうよ。しかしいくら言っても、父親はなかなか首を縦にふらなかった。

〈あのひとは他人を見下してしまう性分だから、そういうところへ行ってもうまくはいかんと思う。まわりの人が嫌な思いをしては申し訳ない〉

それを数年がかりで説得し、面談や調査の結果ようやく「要介護2」の認定が下りて、まずはデイサービスの施設で日中だけ面倒を見てもらえることになった。

そうしていきなりぽっかり空いた時間で父親が何をしたかと言えば、着々と身辺整理を始めたのだった。

まず、離れの簞笥（たんす）に詰まった自分と妻の古い衣類、押し入れの不用な布団などを、業者を呼んで大量に処分した。

〈俺らが死んだ後、こういうもんをお前たちに始末させるに忍びんのでな〉

さらにしばらくたつと、みっしり分厚いレジュメのような回顧録がハナのもとへ送られてきた。生まれた家のこと、自身の父や兄と反りが合わずに別天地を求めて満州へ渡ったこと、終戦後シベリアで捕虜になったこと、四年にもわたる抑留生活……。そこから現在へと至るあれやこれやが、無骨な筆致で赤裸々に書かれてあった。

〈回顧録なんぞを得々と書き残す人間にだけはなるまいぞと、ずっと思っておった

んだがなあ〉

苦笑いの父を相手に、ハナは言葉が出なかった。

メールをもう一度読み返す。母親が完全介護の施設に入ってからというもの、父はずっと一人で、ほとんど誰とも喋らずに過ごしているのだ。爪の横のささくれをいじるように、胸の端がひきつれて痛んだ。

年の暮れへと向かう毎日は風のようだ。カレンダーのスペースにその日の予定をびっしりと書き入れ、無事に終えられれば横線で消してゆくのだが、時にはどうしても済ませられなかった用事が次の日へ、また次の日へと持ち越しになる。望まない借金がふくれあがってゆくようで落ち着かない。

ハナの仕事には、「年末進行」という困った慣習がある。印刷所が休みに入ってしまうため、新年号の雑誌などの〆切が軒並み前倒しされて早くなるこの時期は、物書きを生業(なりわい)にする者にとって「お盆前進行」と並ぶ一大危機だ。

おまけにこうして田舎暮らしをするようになってからは、家の中の大掃除だけでなく、庭や畑の用事もできた。春夏ほどには生い茂る緑に悩まされることはないけれど、そのかわり、立ち枯れた植物たちの後始末に追われる。

頑張っても頑張ってもきりがない。それでも、何としてでも終わらせなくてはならない。外が暗い時間帯は机に向かい、日中は黙々と立ち働いて、いよいよ三十日の早朝、掃き清めた玄関の両脇に香りも清(すが)しい門松をくりつけると、ハナはドアに鍵をかけ、車に乗り込んだ。助手席に置いたケージの中で、にゃあ、とユズが鳴く。

「二時間くらいだからね。ごめんね、我慢してね」

忘れ物がないかどうか、後部座席をふり返って荷物をもう一度確かめる。冬の畑でとれた白菜や大根、両親への土産(みやげ)。それらとともに、ポリバケツと洗剤各種、雑巾の束が積んである。実家の大掃除は、まだこれからなのだった。

余ったぶんは次の時のために置いていけばいい。そう思って多めに持ってきたはずの洗剤は、足りなかった。途中で近くのホームセンターへ買いに走り、晦日(みそか)と大晦日、施設の母親の顔を見に行くほかはひたすら掃除に費やした。

落ちたものを拾うことさえ億劫(おっくう)になった父親に、たまには掃除機をかけたら、とか、何かこぼしたらそのつど拭いたほうが、などとはとうてい言えない。来年こそは通いのヘルパーさんを頼まなければと心に誓いながら、ハナは、キッチン道具や食器などのすべてを洗い、風呂のカビ退治をし、ベランダに面したサッシの窓を磨き、電灯の笠を取り外して綺麗にした。

ようやく世間並みに片付いた部屋に、スーパーで買ってきた鏡餅と、正月用の花を飾る。

「おお、ぐんと明るくなったなあ」

そう言う父親の声もまた明るく感じられ、そうすると洗剤の刺激でがさがさに荒れた手も、腰や膝の痛みも、いっぺんに報われる気がした。

早めの夕食を済ませ、猫を膝に乗せてぼんやりテレビを眺めているうちに、やがてハナの携帯にメールが届いた。父に向かって声を張り上げる。

「トキヲが、いま高速を降りたところだって。たぶんもうすぐ着くと思う」

「おお、ご苦労さんだな。ありがたい」

「そしたら三人で年越し蕎麦食べよう」

「いいですネ」

「エビの天ぷらは、二本入れようね」

「ほほう」

「あとは、ほうれん草と蒲鉾(かまぼこ)、柚子(ゆず)の皮も刻んで」

「え？　何て？」

「ゆずのかわ、きざんでのせよう」

「そりゃあいい。上どころか、特上だな」

大阪から長い距離を運転してくる幼なじみの恋人はきっと、着いたらまずは熱燗で一杯やりたいと言うだろう。南房総名物の〈なめろう〉や鯨ベーコンなど、酒の肴もあわせて用意しておいてから、ひとりベランダに出る。

後ろ手にサッシを閉めると、テレビの音が遠くなった。部屋の中では耳を塞ぎたくなるくらいの大音量でも、外には思ったほど漏れていないことに安堵する。

空の真正面に、丸く大きな月が輝いている。満月にはあと二日足りないくらいだろうか。風が強く、流れる雲がしょっちゅう月を横切るせいで、まるで空が漏電しているかのように夜の町が明るくなったり暗くなったりする。

満月に手放したいものを祈ると叶えられる、と聞く。人の多くは満ち潮の時に生まれてきて、引き潮の時にこの世を去る、という説もあるらしい。

手放したいもの——。

皓々と輝く月を見上げながらハナは考える。今はまだ、かかえている執着すらも、急いで手放す必要を感じない。時が来れば案外淡々と手放すたちであることは、二度の離婚でつくづく思い知った。むしろ今は、生の喜びにしっかりとしがみついていたい。

自分の人生などもうすでに下り坂の半ばと感じていたけれど、会うたび耳が遠くなり身体もきかなくなってゆく父親の姿を見ていると、ああ、傲慢（ごうまん）だった、と胸が軋む。父も、母も、まだまだこの世から立ち去ってほしくない。すでに人生の幕引きを考え、いろいろと始末を心がけている父親を尊敬しながらも、娘としては正直、喪（うしな）う時のことなど考えたくもない。

まだ、もう少し——あともうしばらく待って下さい、と大きな月に祈る。

六階下の暗い駐車場に一台の車が入ってくるのが見えた。月明かりに白いボンネットが浮かび上がる。ほぼ二ヵ月ぶりに見る車だ。

深呼吸をして、ハナはサッシを開け、部屋に戻った。

「おお、風が冷たいなあ」

「ごめんごめん、せっかく暖まった空気が逃げちゃうね」

「何て？」

「えっと、寒くない？」

「ああ、いや、大丈夫」

「トキヲ、来たみたいだよ」

「ええ？」

「……お蕎麦、もうちょっと待っててね」

「おう。ゆっくりでいい」

やるせない気持ちをかみしめるハナの背後で、テレビから流れる音楽が大仰に盛りあがる。紅白歌合戦が始まったようだ。

再び台所に立とうとする、そのハナの耳にだけ、ぴんぽーん、と待ちわびていた音が届いた。

睦月　〜この年に

鈍色に静まる東京湾に、雲間から光の束が射す。裾広がりのまばゆいスポットライト。

「天使の梯子(はしご)だね」

ハナが呟くと、ハンドルを握るトキヲが「ん?」とそちらへ首を振り向けた。

「梯子ちゃうやろう。あの形は、どう見ても脚立やぞ。毎日使(つこ)とる俺が言うんやから間違いない」

後部座席のケージの中で、猫のユズが合いの手を入れるように鳴く。

「わかるけど、〈天使の脚立〉じゃロマンがないでしょう」

「あほう、ロマンで大工ができるかあ」

トキヲの、というより大阪弁の「あほ」に深い意味はない。それこそ合いの手のような、あるいは接頭語や接尾語のような感触のもので、そこには関東の人間がなかなか感じ取りにくい種類の情愛がこもっている。逆に関西人は、東京の人間が軽い気持ちで口にする「ばか」が、おそろしくきつい言葉に聞こえるらしい。

〈「ばか」にだって時と場合によっては微妙なニュアンスがこもってるんだけどな〉

以前ハナが反論すると、トキヲはにやりとして答えた。

〈ハナ姉が俺に言う「ばか」は大歓迎やで〉

死ななきゃ治らない、とはよく言ったものだと思った。

車は今、東京湾を横断するアクアラインを走っている。今日、正月五日の朝まで、二人はハナの父親のマンションで過ごし、今はトキヲの車で南房総へ向かっている。ハナの車は、一旦マンションに置いてきた。

大晦日に大阪から車を飛ばしてきたトキヲと、三人そろって年越し蕎麦を食べ、新年を待たずに寝室へ引きあげる父におやすみを言い、交代で風呂に入って、『ゆく年くる年』を観ている間に年が明けた。翌朝のおせちは出来合いのものだったけれど、父の好きな栗きんとんや昆布巻きは別に作った。

トキヲにとって、ハナの父親は、恋人の父と言うよりは幼い頃可愛がってくれた〈隣のおっちゃん〉だ。あまり家庭を顧みなかった自身の父に対しては屈折した思いがあるようだが、〈おっちゃんには、ええ思い出しかないねん〉と彼は言う。

ハナの一家が東京に引っ越して以来、ほぼ四十年にもわたって会わずにいたわけで、ふつうならば年配の相手への遠慮が溝となっても当たり前だろうに、トキヲにはそれがない。幼い頃に止まった時間がそのまま今につながって動き出したかのように屈託がない。

それは、ハナの母親に対しても同じだ。年始に施設を訪れた時も、娘の顔さえ忘れている母親に一から自己紹介をし、通じないと思えばさっさとあきらめて、面白おかしい世間話に持ち込む。そのうちには母親の顔もほころび、親子三人水入らずの時よりもずっと温かで柔らかな時間を持つことができたのだ。

運転するトキヲの横顔越しに、ますます輝きを増した光の束を眺めやる。

この年齢にもなって、と思ってみる。まさかこんな恩恵に与れるものとは想像していなかった。目の前に舞い降りてきたのは、天使とは似ても似つかぬ、むくつけき大男だったけれど。

と、急にトキヲがにやにやし始めた。

「なに。どうしたの?」

「いや、ちょっと思いだしてたんや」

「もしかして、あのこと?」

「おう、せやがな。なんぼなんでもまいったで、ほんま」

二日前の朝のことだ。正月三日目とあっておせちの残りにも飽き、昼ごはんは焼きそばかうどんにしようか、とテレビを観ている父親に訊いてみると、

〈お、いいですネ。俺はどっちでも〉

との答えだった。

念のためトキヲにも相談すべく、ハナはエプロンをしたまま、二人が寝泊まりしている奥の間を覗きに行った。

父のマンションは公団住宅だが、バブル期に建てられたせいもあってか、かなり広い。玄関ドアは二つあり、間に分厚い壁と扉をはさんで二世帯でも住める間取りになっている。

相変わらず大音量でテレビを観ている父をリビングに残し、境のドアを通って奥の間へゆくと、トキヲは、敷いたままの布団にあぐらをかいて何かの説明書を読んでいるところだった。大きな段ボール箱から合板や金属パイプが取り出され、サイズごとにきちんと床に並べられている。

父親がネット通販で購入したパソコンラックだった。買ったまま長いこと放置されていたのを知っている。ハナも、見るたび代わりに組み立てようかと思いながら、

とりあえず今のものが使えているならと延び延びになっていたのだ。

そばにしゃがみ、トキヲの顔を覗き込む。

〈ありがとね〉

〈ふん、まだ早いわ。うまいことといくかどうかわからんぞ〉

腕自慢の大工が、パソコンラッククらいで何を言う。嬉しくなったハナが手をついてもっとそばに寄り、頬にそっと唇を触れると、こら、何しよんねん、などと言いながらもトキヲは説明書を放り出して手をのばしてきた。

布団の上に、ハナを横たえて組み敷く。

〈なあ。続きしよか〉

〈はあ？　何言ってんの、父さん起きてるのに〉

〈おっちゃん耳遠いし、あっちの部屋までは聞こえへんて〉

〈だめ。もうすぐお昼作らなきゃいけないんだから〉

〈最後まではせえへんて。ちょっとだけ。ほんのちょい、な、挨拶するだけ〉

わざと情けない顔を作っての懇願に、思わず噴きだす。形ばかりだった抵抗がゆるんだとたんにスカートをまくりあげられ、タイツと下着を剝ぎ取られてしまう。だめだよ、だめだってば、などと口ではくり返しながらも、馴染んだ肌の温かさと、逞しい体軀の重みがもたらす圧倒的な心地よさについつい流され、あとはなし崩しだった。互いに着衣のまま、声を殺して軀で〈挨拶〉し合った、その時だ。

ガチャ、とドアの開く音と、急に大きくなったテレビの音に、まずトキヲが飛び退いた。起き上がりざま毛布をひっつかんでハナのむき出しの脚にかぶせ、自分は膝までおろしていたジーンズを引きあげようとしたものの、すわ、間に合わない。おぼつかない足取りの父親がひょいと戸口から顔を覗かせるのと、トキヲが段ボールを盾にして下半身を隠すのはほぼ同時だった。

〈……おう、おっちゃん、ええとこへ来てくれたわ！〉

トキヲが声を張りあげる。

〈ほう？　何デスか〉

〈カッターないかな、カッター！　ハサミでもええわ。この段ボールがばらされへんでな。頼むわ、どっちか持ってきてくれへんかなあっ、今すぐに！〉

はいはい、と返事をして、父親がきびすを返し、ひょこひょことリビングへ戻ってゆく。見送るなり、トキヲもハナも安堵のあまり布団に突っ伏した。

〈……んもうっ〉

咎める自分の声が、やけに甘ったるくて恥ずかしい。その隣でジーンズの前をよ

うやく留めたトキヲは、

〈すまんすまん。お前はちょっととゆっくりしとけ〉

勢いをつけて立ち上がると、隣のリビングまで、自ら頼んだものを受け取りに行ってくれたのだった。

「せやけどほんま、あのタイミングで、来るか？　ふつう」

ハンドルを片手で固定しながら、トキヲがもう片方の手で内ポケットから煙草を取りだす。

「父さん、ほんとに気づいてなかったかな」

「知らんがな。尻は隠して頭隠さず、やったけどな」

「え？」

「お前、髪の毛めっちゃもつれてボサボサやったで」

ぎゃー、と慌てるハナに、トキヲが呵々大笑（かかたいしょう）する。

「ったくあのジジイ、耳遠いとかウソやろ。ほんまは全部聞こえてて、わざと覗きに来たんちゃうんか、あれ」

言いたい放題だ。ありっこないでしょ、とあきれながら、ハナもまた笑い出してしまっていた。

この歳にもなって、と再び思う。まさか十代のカップルのように性急に抱き合ったり、慌てふためいて衣服を身につけたりすることになろうとは想像もしていなかった。同じく、パートナーとのそういった関係が、こんなにも深い満足と安心をもたらしてくれることも知らなかった。

結婚は二度したけれど、真面目にお付き合いをした男性は他にもいたし、刹那の恋まで勘定に入れれば両手の指では足りない。恋多き女と呼ばれたこともある。

けれど今、ハナは思うのだ。

これが初めてかもしれない。心も軀も込みで相手を求め、相手からもその両方を求められることや。付き合いが長くなったからといって軀の引力が弱まるのではなく、どちらが欠けても充分ではないのだと、互いに強く欲し合うことや。相手の気持ちが自分にだけ向いていると心の底から信じられるのに、それでも見当はずれの嫉妬(しっと)をしたり、腹が立ったりしてしまうことや。そして、それらネガティヴな感情さえもまた、二人が求め合うに際しては格好のスパイスへと変容してゆくことや……。そういったすべてが、正真正銘、初めてのような気がするのだ。そう——この歳にもなって。

トキヲが煙草を一本くわえて火をつけ、窓を細く下ろす。煙の匂いが薄まってゆくのが少し惜しいような心持ちになる。

　職人の仕事始めは、どちらかといえばゆっくりだ。年末はぎりぎりまで働くが、正月明けにすぐ現場の工事が始まるわけもなく、たいていは十日頃からの仕事になる。月の半分ほどしか働けないので、翌月の二月に入ってくる金は毎年少なくて厄介なのだと、トキヲは渋い顔をしていた。

　正直なところ、ハナは嬉しい。おかげで、こうして実家に滞在した後も数日は恋人といられる。

　今度は、二人きりだ。夜ごと日ごと、どれだけ求め合おうと誰も覗きに来ない。そうしている間は猫まで空気を読むのか、ふだんよりは遠慮して背中を向けてくれる。あきれとるだけや、とトキヲは言うけれど。

　枝分かれした高速道路は山間にさしかかり、いよいよトンネルが多くなる。時折、トキヲの横顔越しに右側の景色がひらけると、遠くに海が覗く。すでに東京湾ではない。内房の海だ。

　帰ったら何か、時間と手間暇のかかる肉料理でも作って食べさせてあげよう。実家では、父親も食べられるものと思うあまり、歯ごたえのあるものを作ってやれなかった。

そうして二人、カロリーを摂取する端からせっせと消費したら、あさっては、七草粥を作って胃と身体を休めよう。

〈せり、なずな、ごぎょう、はこべら、ほとけのざ、すずな、すずしろ〉

昔、あの懐かしい庭で一緒に唱えながら覚えた七草を、恋人は今もそらで言えるだろうか。

如月
～いつかのこと

年が明けてしばらくは世間に漂っていたためでたさも、気がつけばどこかへ消え失せていた。

スケジュール帳のページを一枚めくりながら、時の流れの速さにめまいがする。これをあと十回くりかえせばまた一年が過ぎるのか、などとおそろしいことを考えてしまう。

いけない。これは、あれだ、ワインのボトルの例と同じだ。ボトルに半分入ったワインを見て、もう半分しか残っていないと考えるか、あと半分も残っていると思うかで、人生における幸せの分量はずいぶん違ってくるだろう。

しかも今はまだ二月。悲観的になるにはあまりに気が早すぎる。

都内を抜けて東名高速道路に乗るまで、ほとんど渋滞に悩まされずに済んだ。こんなことはめったにない。

「ふだんの行いがいいからなあ、私」

とハナが言うと、トキヲは「そら俺の行いじゃい」と訂正してよこした。

ハンドルを握るのはやはりトキヲだ。ただし、正月と違って、今回はハナの車を運転してくれている。向かう先は、大阪の彼の実家だった。

今日の午後、トキヲの古い友人が東京で結婚式を挙げた。昔はよく一緒に悪さをした間柄で、就職して転勤を重ねる間に一度結婚をしたものの別れ、今回が二度目の縁なのだという。

トキヲは珍しく新幹線でやってきた。帰路はハナと一緒に車で大阪へ向かうためだ。まずはハナが自分の車を運転して行って東京の実家で待機し、式が終わった頃にトキヲを拾い、そのまま二人で大阪へ、という手はずだった。

計画を聞いたとき、ハナは一も二もなく賛成した。大晦日から年明けにかけてトキヲがハナの父親と一緒に過ごしてくれた間、七十代半ばにさしかかろうというトキヲの母親はほったらかしだったのだ。

「なんも気にせんでええって」トキヲは請け合った。「うちはふだんから一緒におるけど、お前んとこの親父さんはずっと独りやないか。せめて正月くらい一緒におたらな気の毒やろが」

大阪の家には二十歳になるトキヲの娘も同居しているとはいえ、遊びたい盛りの若い者が正月からおとなしく自宅で過ごしたとは思えない。ハナにはそれが気がかりだった。

子どもの頃を思いだす。隣の家の、面白くて優しいおばちゃん。トキヲとハナが外で遊んで帰ると、縁側でジュースやお菓子を出してくれた。二人並んで食べている間、庭につながれた犬がうらやましそうにひゅんひゅん鼻を鳴らしながらこちらを眺めていたのを覚えている。幼なじみの二人が四十年を経てこういう関係になって以来、トキヲの母親や娘とじかに会ったのはほんの一度きりだ。せっかくの機会は逃さず会っておきたい。

仕事は大丈夫なのかとトキヲに訊かれたが、大丈夫にする、とハナは答えた。パソコンさえあれば、いや極端な話、紙とペンさえあれば、どこでだって書くことはできるはずなのだ。集中できないなどというのは甘えだ、と自分に言い聞かせる。

数日の留守の間、猫の餌やりを頼みに行くと、亀吉さんは二つ返事で引き受けてくれた。

東名高速道路に乗り、横浜青葉、港北を抜けてしばらくすると、トキヲは車線を左へ左へと滑るように移り、海老名のサービスエリアに入った。

「小腹空いた。なんか食おか」

「いいね、いいね」

すっかりデート気分で後部座席のバッグに手をのばしたハナは、何気なく中を覗くなり、思わず「あ」と声をあげた。

「どないした」トキヲが聞きとがめる。「さては、財布やな」

「え」

「忘れてきたんやろ」

「う」

どうしてわかったのだろう。情けない気持ちでトキヲを見やると、

「わかるわい、それくらい」と、あきれた顔で恋人は言った。「お前のことはだいたいわかる。どこへ忘れてきたんじゃ。家か」

「ううん、実家。玄関に飾った花瓶のそばだと思う」

「すぐ電話せい」

もちろんそうした。事情を話すと、父親は「よっこらしょ」と掛け声つきで立ち

上がり、いちいち目に浮かぶような物音をたてた後にようやく「あったぞ」と言った。

「お前、もしかして貧乏なのか」

「え、なんで？」

「三千円しか入っとらん」

「中まで見なくていいから」

現金はともかく、キャッシュカードからクレジットカードに至るまで全財産の入った財布を、郵便や宅配便で送ってもらうのも心配だ。仕方なく、大阪からの帰りまで預かっていてくれるように頼み、通話を切る。はかったようなタイミングで、ぐうう、とお腹が鳴った。

「しばらく文無しかね」

そう、貧乏どころの騒ぎではない。こっくり頷いてみせると、トキヲはハナを見下ろし、施設のフードコートへと顎（あご）をしゃくった。

「しゃあない。俺も金ないでな。とりあえず千円、ほい」

子どもの頃は、おこづかいに千円ももらえたなら豪遊できたものだ。その時の気持ちを思いだしながら、ハナはまず、かけうどん三百五十円也と、いなり寿司二個で百五十円也を注文し、食後はおつりの五百円玉を握って売店に寄った。

車に戻ると、トキヲがけげんそうに言った。

「何や、えらいごきげんさんやないか」

手の中の紙袋をかかげて見せる。ふつうの菓子と違って、駄菓子ならたくさんの種類を少しずつ買えるのだ。

苦笑気味のトキヲを尻目に、中でもいちばん好きなハッカ糖を口に含む。最初は硬いが、唾液を吸ってほろりと崩れ、舌の上で甘く涼しくみぞれのようにほどける、その感触がたまらない。

車が再び走りだす。すでにすっかり暮れた空に、星が案外くっきり見える。きなこ棒、ボンタンアメ、そばぼうろ。トキヲに勧められて聴き始めたクラシックなロカビリーのアルバムをかけながら、足柄(あしがら)の近くまでさしかかった時だ。

「……トキヲ」

まっすぐ前を向いたまま、助手席のハナは言った。

「うん？　どないした」

「歯が」

こちらを向いた恋人が、眉根を寄せたのがわかる。

「痛むんか」

「取れた」

「はあ？」

差し歯の前歯が、ぽろりと取れてしまったのだった。ハッカ糖を硬いうちに噛んだせいか、それともきなこ棒やボンタンアメにくっついたせいかはわからない。

「……こっち向いて、ちょっと笑てみ」

言われるままにトキヲのほうを向き、にっこりしてみせると、彼はハンドルを叩いて大爆笑した。

「次から次へと、しゃあないやっちゃのう」

大きな手が伸びてきて、ハナの頭をぽんぽんと撫でる。若い頃を含め、これまでは他の誰にされても不快なだけだった〈頭ぽんぽん〉が、トキヲの掌だと不思議に心地よい。子どものように甘えて、委ねてしまいたくなる。

「明日の朝いちばんで、俺のかかりつけの歯医者に電話せい。とりあえず仮でもくっつけてもらえ」

そうする、とハナは頷いた。顔を見るたび今のように大笑いされては、口づけひとつまともにできないではないか。

ありがたいことに、三度目の災難はなさそうだった。

到着があまり遅くなってはトキヲの母親に迷惑なので、途中、浜名湖(はまなこ)で下りて一泊し、翌朝早く発つことにする。コンビニで弁当やビールを買い、宿に持ち込んだ。海外から来た人々が日本のラブホテルの設備と清潔さに驚嘆するというのも頷ける。充分に快適で、しかも広い。

柔らかいものを選んで食べながら、ハナが何となくうつむいていると、先に食べ終えたトキヲが後ろから腕を回して抱きかかえた。

「疲れたんやろ。ぼんやりしとるで」

「ううん。歯がないと力が入らないだけ」

彼は笑って、ハナの背中を自分の胸にもたれかからせるようにした。

しばらくの間、テレビの大画面に映る熱帯魚たちの泳ぎを黙って眺めていた後で、ふと言った。

「おふくろ……老後のこととか、えらい気にしとるみたいでな」

「……うん」

おそらくは、息子の口からハナの両親の近況を聞くようになったせいもあるのだろう。近い将来には孫娘も家を出てゆくだろうし、もしかするとトキヲも、仕事の場を南房総に移すなどしてハナと暮らすようになるかもしれない。そうした時に自分が重荷になるのは嫌だからと、今から気にかけて施設を探しておくなどと言っているらしい。

「体力も足腰も、最近はだいぶ弱ってきたしな。つられて気ぃまで弱なっとるんちゃうかなあ思うねん」

トキヲが、ハナのつむじに顎をのせて言う。

ハナは、母親がいま世話になっている介護施設を思い浮かべた。認知症の進んだ母親にとっても、そして家族にとっても、いちばん安心できる場所ではある。父親は寂しかろうけれど、そうかといって家族の顔もわからなくなった妻の面倒をひとりきりで見るのは不可能に近い。

いずれは父と一緒に暮らせるだろうか、と思ってみる。そしていつかはトキヲの母親とも。とりあえず、ハナの父や母よりも十歳以上若いのが救いだ。

「まだ、もう少し先だよね」

ハナは、トキヲにもたれかかったまま呟いた。

「先、言うてもすぐやぞ」

「わかってる。でもたぶん、うちの両親よりは後になるよね」

「せやったら何や言うねん」

「だとしたら……私は、おばちゃんと、いつかあの南房総の家で一緒に暮らせたらいいのになって思う。冬は大阪より暖かいし、おばちゃんの血圧にも楽でしょ。身体がきくうちは、一緒に畑仕事したり、繕い物したり……。トキヲも、あのあたりで大工の仕事ができたら理想だなあって」

トキヲは、ずいぶん長いこと黙っていた。それから、

「俺は、ええけど」低い声で言った。「おふくろもそら、安心するやろけど。まあ、まずはお前の言う通り、親父さんのこと先に考えたらなあかんなあ。あの歳でいつまでも独り暮らし、ちゅうわけにゃいかんやろ」

ハナは、黙って頷いた。

そういうこと全部を、いつかのことを、考えなくてはならない年齢だということだ。今まではつい先延ばしにしてきたけれど、遅すぎるくらいだ。自分でさえ、うっかり財布を忘れたり、差し歯が取れたりする。たまたま重なっただけとはいえ、やはり若い頃にはなかったことだと認めざるを得ず、忸怩(じくじ)たる思いにぼんやりしてし

郵便はがき

おそれいりますが
切手を
お貼りください

102-8519

東京都千代田区麹町4-2-6
株式会社ポプラ社
一般書事業局　行

お名前	フリガナ	
ご住所	〒　　-	
E-mail	@	
電話番号		
ご記入日	西暦　　年　　月　　日	

上記の住所・メールアドレスにポプラ社からの案内の送付は必要ありません。☐

※ご記入いただいた個人情報は、刊行物、イベントなどのご案内のほか、お客さまサービスの向上やマーケティングのために個人を特定しない統計情報の形で利用させていただきます。
※ポプラ社の個人情報の取扱いについては、ポプラ社ホームページ（www.poplar.co.jp）内プライバシーポリシーをご確認ください。

ご購入作品名

■この本をどこでお知りになりましたか？

□書店（書店名　　　　　　　　　　　　　　　　　　）
□新聞広告　□ネット広告　□その他（　　　　　　　　　）

■年齢　　歳

■性別　　男・女

■ご職業

□学生（大・高・中・小・その他）　□会社員　□公務員
□教員　□会社経営　□自営業　□主婦
□その他（　　　　　　　　　）

ご意見、ご感想などありましたらぜひお聞かせください。

ご感想を広告等、書籍のPRに使わせていただいてもよろしいですか？
□実名で可　□匿名で可　□不可

一般書文庫共通

ご協力ありがとうございました。

まう。すでに年老いた親たちの憂い(うれ)はいかばかりだろう……。

つむじの上で、トキヲの顎がごりりと動く。窓のない部屋の外、かすかに高速道路を行く車の音が響いている。

弥生

〜爛漫

暑さ寒さも彼岸まで、とはよく言ったものだ。ひな人形を箱におさめて片付けた頃に啓蟄を迎え、三月も半ばを過ぎると彼岸の入りとなる。

このあたりから南房総では、時に汗ばむほどの陽気に恵まれる。冬の間は冷たく乾いていた海風が、しっとり湿って柔らかくなり、本格的な春を連れてくる。

〈弥生〉とはもともと、〈草木弥生月〉を略したものだという。〈弥〉は「ますます」という意味だから、つまり草木がいよいよ生い茂る月ということだ。

その名のとおり、日々の変化はめまぐるしい。眩しいじゅうたんを敷き詰めたような菜の花畑が盛りを過ぎるとともに、桃の花が満開になり、しゅっとした葉を覗かせながら散る。入れ替わりに桜のつぼみが日に日にふくらんで、地面はみるみるうちに緑に覆われ、花々に彩られてゆく。

蓬、杉菜、烏野豌豆、蒲公英。三色菫、喇叭水仙、チューリップにラナンキュラス。

毎年この季節を迎えるたび、ハナは魔法を目にする心地がする。気持ちが感動に追いつかず、胸の裡まで言葉少なになってしまうのもいつものことだ。

「おう、わざわざこっしぇたんかい。こりゃ、おおごっつぉだ。ありがとうよう、かあちゃんもあっちで喜んでるに違ぇねえお」

この日は、ご近所の亀吉さんに頼んでお墓参りに連れてきてもらった。

亡くなった奥さんは花が好きだったので、墓の周りには、秋には菊が乱れ咲き、春には日本水仙が甘い香りを放つ。ハナは、庭のストックと金魚草をお供え用の切り花にし、あとは手作りのぼた餅をたくさん持っていった。もち米とうるち米を混ぜて炊いたものを軽くついてから丸め、定番のあんこ以外にもきな粉やゴマなど取り混ぜて作ってゆくと、亀吉さん以上に、中学生と高校生になるというお孫さんたちが大喜びしてくれた。

「うちはほれ、農家だし海だって近えから食うもんには困らねえだけども、ふつうの家はあじしてあんな食べ盛りの男の子を養ってんだかなぁ。三度の飯なん、飲みもんか！　てくれぇ、あっちゅう間に食っちまうだぁおぅ」

冗談とも本気ともわからない口調でぼやいた亀吉さんが、柄杓の水をちょろちょろと墓石にかけ、そのあと、顔をしかめて肩を回した。

「一昨日はほれ、〈社日〉だったっぺ。久しぶりに鍬ふるったら、肩も腰もこてぇんのなんの。やーれやれ、歳なんか取りたかねえおぅ」

春になると里に下りてきて下さる土地の守り神のことを〈社〉という。春の社日は春分にいちばん近い戊の日と決められていて、毎年、本格的に農作業を始める節目とされているのだそうだ。ハナがこの土地で暮らすようになってから、季節の移ろいを表す言葉にぐんと詳しくなったのは、多くが亀吉さんというありがたい先達のおかげと言っていい。

「東京から来なすった物書きのセンセイに説教なん、バチが当たりそうだけんどなあ」

ふへっ、ふへへっ、と皺の寄った口を大きく開けて、亀吉さんはずいぶん嬉しそうに笑うのだった。

歩いて家に戻り、日向に干してあった布団を裏返すなどしてから、簡単な昼食を済ませる。新じゃがと鶏肉の煮物、春野菜のおひたし、豆腐とわかめの味噌汁、どれも昨夜の残りものだ。

ごちそうさま、と手を合わせ、どこかへ出かけている猫の飲み水を替えてやると、ハナは服の上からエプロンをかけた。お日さまは燦々（さんさん）、そよ風も吹き渡る今日は、絶好の掃除びよりだ。

三月はまた、年度の終わりの月でもある。ハナの個人的気分としては、雑巾ひとつ絞るにも指のかじかむ年の瀬より、水温（ぬる）むこの季節のほうが大掃除に向いている。

窓という窓をすべて開け放ち、家じゅうを吹き抜けてゆく心地よい春風を感じながら、まずはいちばん埃の立つ衣服の虫干しだ。クローゼットから秋冬物を出して風を通し、春夏物と入れ替えながら、もう着ない服などを仕分けしてゆく。

こうして並べてみると、自分の好むものがいよいよはっきりする。素材は、できるだけ天然のもの。デザインは、どこか異国風な味わいのあるもの。そして何より、風合いがよく、身体を無理に締め付けない、着ていて幸せな気分になれるもの……。

若い頃は、ブランド物や、流行りの尖（とが）った洋服を着て背伸びすることで世間と渡り合おうとしていたものだが、歳を重ねるほどに良くも悪くも闘争心は薄れ、等身大のままでいいやという開き直りが生まれた。気負いはなくなったけれどお洒落（しゃれ）心（ごころ）までなくしてしまったわけではないのだから、それでよしとしよう、と思う。

流されるのも、長いものに巻かれるのも、おとなの知恵のうち。どうしても譲れないことなど人生に一つか二つあればいい。

ハタキを高いところからかけてゆき、シュロの箒で塵や埃を掃き出した後は、固く絞った雑巾で拭き清める。台所と風呂場とトイレの掃除には、バケツの水にクエン酸とハッカ油を少し加えると、水垢(みずあか)まで綺麗になるし香りもいい。

トキヲがこの家に滞在するたびキッチンのそこかしこに造りつけてくれた頑丈な棚の上も、脚立に上がり、載せてあるものを一旦全部おろしてからハタキをかけ、拭き上げる。庭の梅で漬けた梅干しや、カリン酒、夏ミカン酒、ニセアカシアの花のお酒。畑の大豆から作った手作り味噌や、酢に漬けた野菜のピクルス。そしてまた、様々な中国茶や紅茶をおさめた缶や、各種コーヒー豆の瓶。それらの容器も一つひとつ丁寧に拭いてから、再びきっちりと並べる。身体の内側まで整頓されたような気持ちになる。

二時間ばかり一心に立ち働いて、ひと息入れることにした。やかんを火にかけ、今日は、お湯を注ぐと花のように開く中国茶を淹れる。

自分のために三つだけ残しておいたぼた餅を頬張り、香りの良いお茶を飲みながら、ハナはふと、先月訪れた大阪でのことを思い起こした。トキヲの母親も、午後のひととき、家事の合間にこうしてお茶を淹れては甘いものを口にするのが習慣なのだ。

かつて幼なじみとして育ったトキヲとハナが、今こうして親密な付き合いとなったことを、いちばん驚き、いちばん喜んでくれたのは彼女だったかもしれない。久しぶりに会った先月などは、女二人でずっとお喋りばかり続けていて、しまいには仲間はずれのトキヲが焦れてやきもちを焼くほどだった。

施設にいる母の近況について、ハナはそっと打ち明けた。夫である父のことはかろうじてわかるようだけれど、それも日による。機嫌良く受け答えをする時もあれば、口を結んでうつむいたきり、いっさい反応が返ってこない時もある。

〈でもそんな母も、トキヲが行くとすごく嬉しそうにするんですよ。子供に返ったみたいに、おにいちゃん、おにいちゃん、って呼んだりして〉

〈それ、自分のお兄さんと間違えたはるの?〉

〈いえ、母には兄なんていないんです。もしかすると仲良しだった近所のおにいちゃんなのかな。それとも想像上の誰かなのかはわからないけど、何しろトキヲにはしきりに甘えて……おにいちゃん、まだ帰らない?　明日も一緒に遊べる?　って訊くんです〉

〈ほんで、あの子は何て？〉

〈母の手を握って、おう、まだ帰らへんで、ずっとおったるで、って
　適当な嘘でごまかすのとは違う。そのつど一、二分もすれば答えを忘れてしまう相手に、せめてその時だけでも悲しい思いをさせまい、喜ばせてやりたいという気持ちからのことだと、ハナは理解している。

〈そうすると母はにっこりして、じゃあ今日も寝る時抱っこしててくれる？　なんて調子に乗るんですけど、トキヲは、おう抱っこか、よっしゃ、したるわな、せやから安心してぐっすり寝たらええねんで、怖いことなんか何にもあれへんで、って言ってくれて……〉

　ひととおり話を聞くと、トキヲの母親は呟いた。

〈そうかあ。あの子、けっこう優しいとこあんねんねえ〉

　息子に対する誇らしさと、あの頃はあんなに元気だった隣の奥さんがもうどこにもいなくなってしまった寂しさとが綯い交ぜになった、複雑な表情だった。ずっと年下とはいえ、もしかして自分もいつか、というような不安もあったのかもしれない。

〈うちの母はあの通り、ものすごく子どもに厳しい人だったでしょう？　だから娘

としては正直、けっこうきつい部分もあったんです。でも、今ああなってみると、母からすっかり忘れられてしまったのが寂しい半面、あの母のことを初めて可愛らしいと思える自分もいて……〉

うん、うん、とトキヲの母親が頷く。

〈ねえ、おばさん。もう少し暖かくなったら、トキヲと一緒に南房総の家に遊びに来てくれませんか。途中で東京に寄って、両親に会って下さるとなお嬉しいです。母はともかく父のほうはまだシャンとしてますし、久々に会えたらそれはもう、ものすごく喜ぶと思います〉

心の底から、ハナは言った。

世の中、女の常として、夫の母親とはなかなかうまくいかないことが多いものらしい。実際、過去二回の結婚における姑（しゅうとめ）との関係をふり返っても、最初の時は近すぎて難しかったし、二度目は遠すぎてぎこちなかった。

でも、トキヲの母親とはきっと気が合う、と思う。好きなもの、興味を抱く対象、物事の捉（とら）え方や考え方——たくさんの共通点があるように思えるのはきっと、幼かったあの頃に、大好きな〈お隣のおばちゃん〉が与えてくれた影響こそが今の自分を作っているからなのだろう。

立ち上がり、ハナは古い水屋の棚を眺め渡した。

いつかトキヲの母親が訪ねてきてくれたなら、あのいちばん素敵な古伊万里(こいまり)のお茶碗と湯飲みを使ってもらおう。お箸(はし)だけは、今度東京へ出た時にでもちゃんとしたものを新調しておこう。

背後でかすかな物音がしたのでふり向くと、猫のユズが縁側から帰ってきたところだった。いま拭き上げたばかりの畳を横切り、にあ、あ、と掠れ声で鳴き、ハナの膝下に体をこすりつけて甘える。

そのくせ、抱き上げようとすると手をすり抜け、新鮮な水を飲んでカリカリで腹を満たすなり、またそそくさと出かけてゆく。今の季節は外が愉しくてたまらないのだろう。

微笑んで見送るハナの後れ毛を、春爛漫(らんまん)の風が揺らす。

日が、だんだん長くなってゆく。

後悔

海沿いの小さな町に、初めて家を探しにやってきた時のことを、ハナは、今でもよく思いだす。

晴れた日だった。海は凪(な)ぎ、はっと背筋を伸ばしてしまうほど碧かった。国道沿いに店を構える不動産屋の主人が自ら車で案内してくれて、三軒目に見たのがこの家だ。

〈出会い〉というより、〈再会〉に近かった気がする。しばらく空き家だったせいで荒れている庭先に立つなり、子どもの頃に暮らしていた家の記憶が一気に蘇(よみがえ)り、光と影が身のうちにあふれて眩暈(めまい)がした。幸福な眩暈だった。

きっとここに住む、という予感を現実に変え、四つの季節が何度か巡るうちに、古びた家はハナの愛情と努力に応えて少しずつ暮らしやすくなっていった。

今では、どこにも代えがたいほど居心地がいい。家で過ごす時間が幸せすぎて、出かける気がしないほどだ。

もしも時間を遡ることができて、かつての自分――都心のマンションに住み、昼夜逆転で仕事をしていたあの頃の自分――に数年後の未来を話して聞かせてやったとしても、おそらく笑って信じないだろう。都会を離れて生きていけるなんて当時は思ってもいなかったのに、今、ハナにとって東京という街は、たとえば今日のように用事がある時にだけ、いつもと違う服を着て出かけてくるところだ。

出版社での打ち合わせを済ませると、午後四時を回っていた。せっかくだからと東京駅構内の百貨店などを少しばかり見て回ったのだが、欲しいものなど何も見つからなかった。

たまに公の場に出る時の服や靴なら、とりあえず持っている。アクセサリーにしても、肌身離さず着けている小さな一粒ダイヤのネックレスと、トキヲにもらったシルバーの指輪以外は、たいてい自分でアンティークのトンボ玉などをつないで作る。そうなると、このきらびやかな都会で、高いお金を出して買いたいものなど特に思いつかないのだった。あれもこれも欲しいものばかり、というのでは品がないけれど、何も欲しいものがないというのもそれはそれで、人生から下りてしまったかのような心地がしてちょっと物寂しい。

　結局、一階のスイーツ売り場で美しい和菓子を二つ選び、小さな箱に詰めてもらった。家に帰って夕食を軽めに済ませたら、熱いお茶を淹れて愉しもう。それだけで充分に満ち足りる思いがして、ハナは券売機で切符を買い、地下深くにあるホームに下りた。

「あれ。もしかして……」

　声をかけられたのは、席に座ってバッグから本を取り出そうとした時だ。

　目を上げると、三十代半ばの男性がこちらを見下ろしていた。ラテン民族のような彫りの深い顔立ちに、ハナも、あ、と声をあげる。

「やっぱり」と、相手は微笑んだ。「お久しぶりです。こんなところでお会いできるなんて」

　かつて、同じマンションの住人だった男だ。通路をはさんだ隣の席の窓側に、大きな革の鞄を置く。腰を下ろすと、彼は肘掛けに身を乗り出すようにして訊いた。

「たしか、房総のほうへ引っ越されたんでしたよね。今からお帰りですか？」

　ええ、とハナは頷いた。顔ははっきり覚えているのに、とっさに名前が思いだせない。

「そちらはお仕事ですか？」

と訊くと、男の笑顔がぎこちなくなった。

「僕は……その、ちょっと、千葉まで」

ハナが以前住んでいた東京のマンションは、だだっ広いワンルームという造りのせいか、住居としてよりも事務所やスタジオとして使われることが多かった。この男はトレーダーで、若いのに羽振りが良く、同じフロアに二部屋を借りて会社を経営していた。何人も抱えるスタッフの中にはハナの著作のファンだという男性がいて、頼まれて本にサインをしたことがある。引っ越しをする時わざわざ挨拶に出向いた程度には付き合いがあった。

電車が動き出す。しばらく地下を走った後にするすると地上へ出ると、車内を満たしていた轟音がいくらかましになった。日はすっかり延びて、あたりはまだ充分に明るい。

「じつはね、ハナさん」

それまで世間話をしていた男の声が、低くなる。列の前後を見やり、すぐ近くには乗客がいないのを確認してから、こちらに目を戻す。

「僕、最近、事業で失敗しちゃいましてね」

え、と思わず顔を見やると、彼はうつむきがちに苦笑した。

「覚えてますか？　あの頃、婚約もして一緒に暮らしてた彼女。あいつも、とうとう怒って出て行っちゃいました」

「あの……よかったらこっちに来ます？」

ハナが思わず言うと、彼は頷き、席を移動してきた。

「なんか、すいません。いきなりこんなこと聞かせちゃって」

「いえ」

「こういうのって、なかなか人に言えなくて。ハナさんの顔見たら、つい」

「私でよければ。聞くことしかできませんけど」

すいません、ありがとうございます、と、彼は頭を下げた。

ある時から借金を抱えてしまったことを、婚約者にもスタッフにも言い出せなかったのだと彼は言った。隠したままどうにか会社を切り回していたものの、利益を出すことができず、とうとうどうしようもないところまで来てしまった。あれだけいたスタッフも全員解雇するしかなかった。

「みんな、僕を恨んで罵(ののし)るんですけどね。いやもちろん、それで当然なんです。今の僕には、ひたすらみんなに謝って回ることしかできなくて、なのにどういうわけか、罪悪感というものが遠いんです。感じないんです。自分を責める気持ちや、時間を巻き戻したい気持ちはもう強すぎて息苦しいほどなのに、どうして罪の意識だけがリアルじゃないのかわからない。相手に謝りながら、今のでちゃんと誠意がこもってるように聞こえただろうかなんて考えてしまうんです」

ハナは、黙って耳を傾けていた。他の誰にも言えなかった本心を、彼は今初めて吐きだしているのだろうという気がした。

「スタッフの、ほら、前にハナさんにサインしてもらったあいつがね。僕の彼女のこと、好きだって言うんです。自分が幸せにする、って。彼女も、もう僕のことは信じられない、あいつの気持ちを受け容れたいって言う。それを聞いて僕、あいつに、よろしくお願いしますとしか言えなかった。だけど……こうして出て行かれてみるとね、ハナさん、たまらないんですよ。これまで僕は、ゲームみたいにビジネスやってきて、心のことなんか考えたことがなかった。敵は速やかに叩き落として、とにかく自分が勝ちに行くことしか考えてなかったんです。けど、初めてわかりました。いま痛いとこが……ここんとこが、僕の心なんだな。ここにあったんだな、って」

言いながら、彼はこぶしで何度か心臓の上を叩いた。

「毎晩、うまく眠れないんです。これから千葉の婚約……いや、〈元〉婚約者の実家へ謝りに行くとこなんですけど、彼女と両親の前で、いったい何て謝って、けじめをつければいいのかわからなくて……。あ、いや、心配しないで下さい。ばかな真似はしませんから。そういうのは違うだろ、ってことくらいはわかってるつもりですから」

数十分の間、話せるだけのことを一人で話し続けた彼が、ふっと黙るのを見計らったかのように車内アナウンスが流れる。もうすぐ千葉駅に到着するらしい。

そのときハナは、ようやく彼の名前を思いだした。高野だ。事務所のドアに、〈TAKANO&Co.〉とあった。ティファニー・ブルーの正方形に記された、洒落てはいるけれど、どことなく胡散臭さの漂う看板。

「高野さん」

おそらく、生きている間にはもう二度と会わない相手に向けて、想いをこめて呼びかける。

「私が言える立場じゃないんだけど、年上ってことに免じて、少しだけいいですか」

もちろんです、と高野が頷く。

「今、〈けじめ〉っておっしゃいましたけど、相手にしてみれば、ひたすら謝りたおされるっていうのもかえって辛いものだと思いますよ。〈俺を許せ〉って無理やり迫られるようなものですから、それはそれで暴力に近いかもしれません。伝えるんだったらむしろ、今ご自分でおっしゃったみたいな彼女への想いを、正直に、かっこつけずに、まっすぐ伝えたほうがいいんじゃないかな。引き留めるとか、言い訳としてじゃなく、ただ一緒にいた数年間への感謝としてね。――ごめんなさい、えらそうなこと言って」

「いえ、そんな」

彼は口をつぐみ、ややあってため息をもらした。

「よくわかります。確かに、ハナさんが言うとおりかもしれません」

軋みながら速度を落とした電車が、ゆっくりとホームに滑り込む。立ち上がった彼は、元の席に置いてあった荷物を手に取ると言った。

「お時間取ってしまってすみませんでした。おかげで、少し落ち着きました」

何とも言えない表情で笑ってよこす。

「なんていうか、とにかく誰かに……できれば僕のことを責めたりしない誰かに、話を聞いてもらいたかったんです。そしたら、ハナさんがいた。ここでお目にかかれて良かった」

ぺこりと頭を下げた高野は、最後に少しだけおどけて付け足した。

「それにしても、まるで小説みたいな話でしょ？　何だったら、僕のことネタにして書いてくれてもいいですよ」

じゃあ、お元気で、と片手をあげて去ってゆく彼に、会釈で応じることしかできなかった。ハナもまた、一旦降りて内房線に乗り換える。

ネタにしていいと言われても、と思ってみる。まるで小説みたいな話というのは、得てして小説にはならないものなのだ。

雑然とした街並みを眺めながら、ハナは持ってきた本を読むでもなくぼんやりしていた。

やがて車窓に、遠く近く暮れかけた海が見えてきた頃、バッグの中で携帯が振動した。取り出して見る。トキヲからのメッセージだ。

〈お疲れさん。今日は東京やったな〉

昨夜、電話でちらりと話したのだった。

すぐに返事を書き送る。

〈ありがと。今、帰りの電車。海が見えてきたところ〉

〈そかそか。暗なる前に帰れそうやな。よかった〉

〈帰ったら、また電話してもいい？〉

〈おう。好きにせんかい〉

なぜだろう、泣きたくなるほどほっとして、鼻の奥が痺れる。短い時間だったけれど、他人の心の激しい揺れを間近に感じ取ったせいかもしれない。ぐったり疲れている。

ようやく駅に着き、バッグを肩にかけて電車を降りる。重たい。荷物も身体も重たい。早く帰り着いて、トキヲの声を聞きたい。こんなことなら、駅まで車で来るのだった。

改札を通り抜け、ふと目を上げたハナは、え、と立ち尽くした。

「お帰り。庭先にお前のジープが置いたままやったから、こら歩きやな、思て」

言いながら大きな手が伸びてきて、ハナの肩からバッグを取った。

駅からの道を、並んでゆっくり歩いた。

「急にぽっかり仕事が無うなったもんでな」と、トキヲは言った。「気が向いたから来てみた。そう何日もおられへんけど」

このところ降り続いた雨や工務店側の発注ミスなどが重なって、現場の工程が大幅に遅れたのだと言う。ハナのほうは言葉がうまく出てこない。あれほど声を聞きたいと思っていた恋人が自分のすぐ隣にいることがまだ信じられなくて、目に映るものすべてがまるで夢の中の風景のように思える。

「どないした」と、トキヲが顔を覗きこむ。「さっきから、なんやぼんやりしとるで」

「う、ん」

「仕事のことやったら俺にはどないもしたられへんけど、そうやなかったら話してみ」

人の打ち明け話など、安易に聞くものではない。ふだん言葉を紡(つむ)ぐことを生業(なりわい)にしているせいか、人の言葉にも必要以上に引きずられてしまう。

「ありがと」隣を見上げ、微笑んでみせた。「とりあえず、私のことじゃないから心配しないで」

「ほうか。ならええけど」

「帰ってお茶淹れたら、ゆっくり話すね」

「おう」

東京で見つけた和菓子を、二つ買ってきてよかったと思った。

人間関係における後悔というものは、多くの場合、伝えられなかった言葉と結びついている。

あの時、あんなことを言うんじゃなかった。あるいは、ちゃんと言うべきだった。傷つけるつもりは少しもなかった。悪いとわかっていたのに謝れなかった……。

後からふり返ってみれば案外と単純なことでも、渦中にいた頃は物事すべてがとても複雑に思えて、解きほぐすための糸口さえも見いだせない。もどかしさや苦しさに耐えかね、相手との関係そのものを引きちぎるようにして断ってしまった経験が――ハナ自身にも、過去に、ある。

「それは、前の男の話か？」

と、トキヲが訊く。

「男、っていうか……最初の旦那さんだった人とのこと」

「ああ。そない言うたら、あんまり聞いたことないな」

そうかもしれない。二番目の夫と別れたのはそれほど昔のことではないので、トキヲにもいくらかは打ち明けているが、最初の結婚についてはほとんど話していない。今となっては、具体的に話せるようなまとまったエピソードも思い当たらない。

ハナが丁寧に淹れた日本茶を、トキヲがうまそうにすする。美しい手仕事の施された和菓子は、たったひとくちで胃袋へと消えた後だ。

「おいで」

湯飲みを置いたトキヲが手招きし、あぐらをかいた自分の腿（もも）をぽんぽんと叩く。

「なに」

「抱っこしたろ」

ハナは、思わず笑った。おとなしく古い座卓をまわって彼のそばへ行き、横座りになって寄りかかると、後ろから大きな身体にすっぽりとくるまれた。トキヲの節の高い指が、凝った肩や腕をゆっくりと揉みほぐしてくれる。

「べつに、うまいこと言わんでええねんから。いややなかったら話してみ」

頭の上から、低い声が降ってくる。

ふっと脳裏に浮かんだのは、別れた最初の夫の顔ではなかった。その夫と自分、共通の友人として仲の良かった女性の顔だった。

二十代の終わり頃、ハナと最初の夫とは、彼の郷里である新潟で暮らしていた。ハナが物書きとしてデビューするより前のことで、二人とも地元の学習塾に勤めており、同い年の彼女は職場の同僚だった。

長かった恋を失った彼女が雪の中をごうごう泣きながら訪ねてきた時、ハナと夫は薪（まき）で焚（た）く五右衛門（ごえもん）風呂に入れて温まらせ、一晩じゅう話を聴き、翌朝一緒に炊きたての白米と熱々の味噌汁の朝ごはんを食べた。やがて二人が新潟を離れて東京で暮らすようになってからも、折にふれ行き来があったし、果樹園の娘である彼女は季節ごとに、日本一おいしいかもしれない桃や、洋梨やリンゴや、あるいは手作りのジャムなどを送ってきてくれた。

久しぶりのメールが届いたのは、離婚から一年ほど後のことだったろうか。

〈ハナちゃんに果物や何かを送ろうと思ったら、どこへ送ればいいのかな。雑誌のインタビューとかエッセイを読んで、もしかして彼とはもう一緒にはいないのかなって思いながらも何だかうまく訊けなくて、これまでと同じ住所宛てに送っていたのだけど……ハナちゃんはきっと、もうあの家にいないんだよね。いろんなことが変わっていくのは仕方のないことだってわかってる。きっとハナちゃんにとってギリギリの選択だったんだろうと思うけど、私にとっては、ハナちゃんも彼も、どちらも大事な友達なので……〉

何度も読み返した後で、返事を書き綴って送った。

しばらく別居した後で届けを出し、旧姓に戻ったこと。夫婦の間にはいろいろとあったけれど、結局は自分の側のわがままによる別居であり離婚であったこと。すでに気持ちを切り替えたこちらと違って彼のほうはまだ引きずっているようで、時々精神状態が不安定になること。そういう彼を見れば胸は痛むけれど、自分はもう、それをどうにかしてあげられる立場ではなくなってしまったのだということ……。

ややあって、電話がかかってきた。

〈ハナちゃん〉

彼女はしゃくり上げて泣いていた。

〈ハナちゃん、あたし淋しいよ……。どうしてなんだろう。ハナちゃんも彼も、あんなに仲良しでさ。彼だって、そりゃかなり変わってるとこもあったけど、何だかんだ言ってあんなにいいやつでさ。それでも、うまくいかないことってあるんだね。考えてたら、なんかすっごい悲しくなっちゃって……ごめんね、ハナちゃん、責めてるわけじゃないんだよ〉

わかってるよ、と答えようとして、言葉にならなかった。ハナ自身、そのことで泣くのはずいぶん久しぶりで、同時に、初めてのような気がした。

別れるに至るまで、夫との間のことを身近な誰かに相談すると、相手は必ずこちらの側に立って一緒に考えてくれた。苦しかった時、それがどれほど支えになったかしれない。

けれど、それとはまた別のところで、ハナは、だけどちがうんだ、と思い続けてきた。夫のしたこと、夫に言われたことを、誰かに言葉で説明してしまうとどうしようもなくひどい男のように聞こえるけれど、でも、ちがうんだ。彼には本当に、誰も真似できないくらいの美点があって、自分と彼とは十数年もの長い間、とても深いところでつながりあってもいたんだ、それは嘘も隠しもない真実なんだ。

しかし、そういうことを口に出せば出すほど、夫をかばえばかばうほど、意に反して、自分だけがいい子になっていくのだった。あるいは、すべてがまるで自己弁護のような響きを帯びてしまうのだった。

ちがうんだ。ちがうんだよ。とんでもなくひどいことをされたり言われたりしたのも本当だし、この世でいちばん憎いと思ったことがあるのも全部事実だけれど、それと同時に、まったく同時に、自分は確かに彼をとても愛していたし、彼のほうには愛されるに足るだけのいいところがあって、二人で暮らした歳月の間には愉しいことだっていっぱいいっぱいあったんだよ……。

自身でもあまりはっきりとは意識しないまま胸に凝(こご)っていたそういう思いが、古い友人の言葉を聞いたとたん、どっと溶け出し、あふれてしまったのだろう。ああ、そうだった。ここに、何の説明もしなくても、あの夫との或(あ)る一部分についての真実を知っていてくれる友人がいたのだった。自分と彼との関係が終わってしまったことを、かつては確かにそこにあった至福の時を、二人のどちらとも等距離のところに立って、心から悼み、惜しんでくれるのはたぶん彼女だけなのだ。

そう思うと、まるで二人だけでお弔いをしているような気持ちになって、あの時は、夜が更けるまでずいぶんと長話をしたのだった。

それすらも、もう、十年も昔のことになる。

「でもね、彼女の言葉をそういうふうに受け止められたのはもちろん、最初の旦那さんとのことが全部終わった後だったからこそなんだろうと思うの」

トキヲの胸に寄りかかったまま、ハナはゆっくりと息を吐き出した。

「もしもその前の時点で、つまり夫とのすったもんだの最中に、〈ハナちゃん、あたし淋しいよ〉なんて言われてたとしたら、私はたぶん、わかるけどそんなこと言ったってさあ、って思ってたに違いないのよ。ほんと、勝手なものだよね」

話しながら、自分でも、何が言いたかったのかよくわからなくなってくる。

「……なんか、ごめんね。まとまりのない話で」

「いや。かまへん」

トキヲは、ハナを抱きかかえてゆったりと身体を揺らした。

「人間なんかな、みぃんな勝手なもんや。自分がいちばん可愛い生きものやねん。お前が、その最初の旦那とのあれやこれやを思いだす時、愉しいことかてぎょうさんあったのに、て思うのも、ほんま言うたら自分が可愛いからや。ぎょうさんあったのはほんまのこっちゃろけど、その愉しい時を、この先も続けていこうとまでは思わなんだからこそ別れたわけやろ？」

その通りだ。

「過去を、否定しとうないのはわかる。誰かてそや。けどな、美化するあまりに自分を責めて、後悔しすぎるのはあかん。そんなん、クソの役にも立たへん。……と、俺は思うで。おのれへの反省もこめて、な」

ややあって、ハナが小さく頷くと、後ろから抱きしめる腕の力が強くなった。彼が、耳もとでささやく。

「俺はな、お前に後悔させたないねん。俺と、こうなったこと」

「しないよ」言うより早く、身体ごとふり返った。「するわけ、ないじゃない」

「どやろか」

笑うトキヲの首に、腕を巻きつける。

過去をふり返って悔やんでいる暇などない。そんなのは、ずっと先でもできる。子どもの頃以来、長く離れていて、今も遠くに住んでいる二人の間にはまだ、取り戻さなくてはならないことのほうがはるかに多い。

爆発

「寝過ごした」

トキヲの声に、ハナははっと目を覚ました。

開かないまぶたを無理やりこじ開けて時計を見やる。午前四時半。まだ部屋は暗い。身じろぎに、ベッドの足もとにいた猫のユズが小さく文句を言う。

トキヲが、枕元の灯りをつけた。寝しなに飲んでいたマグカップから、冷めたコーヒーをすする。煙草に火をつけると、不機嫌そうに仰向けになった。

「ああ、くそ、起きられへんかった。三時には目覚ましかけとったのに」

今日、彼は大阪へ帰らなくてはならない。明日一日休んで、明後日(あさって)からはまた現場が始まるのだ。都内を朝の渋滞より前に抜けるべく、夜中のうちに発つ予定でいた。

「ごめんね」と、ハナは言った。「私もすっかり寝ちゃった」

「めっちゃいやな夢、見た」

別の答えが返ってくる。

「どんな夢？」

「わからん。よう覚えとらん」

「……そう」

「お前も出てきとったぞ」

「……ふうん」

「ま、どうでもええわな」

突き放すような物言いに、ハナは小さくこみあげる苛立ち(いらだ)ちを抑えた。アラームを止めたのはこちらではないのだし、何も起き抜けから人に不機嫌をぶつけることはないだろう。

細やかで情愛の深い一面とともに、短気で斑気(むらき)なところも彼にはあって、それでなくとも人の機嫌や顔色に過敏なハナはしばしば振り回されてしんどい思いをする。気にしなければいい。これから発つ人と喧嘩(けんか)などしたくない。どうせならもう一度寝直してゆっくり出てはどうか、と言おうとした時、

「お前、ゆうべも寝たん遅かったやろ」

相変わらず不機嫌な声でトキヲが言った。

「そうでもないよ。一時過ぎくらいだったかな」

彼のほうはすでに寝入っていたので、起こさないようにそうっと布団に滑り込んだ。今夜に限らず、この家に来ている間、トキヲは生活のリズムを変えない。大阪に戻ってからの毎日がきつくなるからだ。職人は朝が早いぶん、寝るのも早い。

「前々からなんべんも言うとるけど、お前ももっと早よ寝るようにせぇよ。昼間ぐずぐずしてんと、時間を有効に遣え。俺のことなんか構わんでええて、あれほど言うてたやろが」

「そうは言うけど、せっかく一緒にいられる時くらい、美味しいものを作って食べさせてあげたいって思うし、いろんな話だってしたいよ」

それにもちろん、身体を使ったお喋りも——とは、恥ずかしくて言えない。

「悪いけど俺は、人がだらだら仕事しとんの見とったら苛々(いらいら)すんねん」

煙を強く吐いて、トキヲは言った。

「だらだらって……」

「しとるやろがい。もっとこう、集中してちゃっちゃっと終わらせてまえ。俺がおって邪魔になるんやったら、もう来(け)えへんぞ」

若かった頃は、歳を重ねればもっと分別がついて、いろんなことが楽になるだろうと思っていた。実際は、逆だった。歳を重ねて分別がついたせいで、いろんなことがしんどくなった。

周囲を思いやり、事情をおもんぱかり、自身の責任の重さも自覚すると、勝手な真似はますますできなくなる。自由業とはつまり、不自由業のことだ、とハナは思う。

この仕事は自宅での作業が主だから、人からはさぞかし時間の融通が利くように思われがちだが、なかなかそうとも言えない。執筆以外にもイレギュラーな仕事はあって、地方での講演や対談などのイベント、東京での打ち合わせや取材の約束などが急に入ることもある。

だから、せっかくトキヲが来てくれても、こちらの時間を空けられるとは限らない。今回のように彼の来訪が突然だった時はなおさらだ。来てくれたのは嬉しいのに、掛け値なしに嬉しいのに、〆切が間近だとどうしても気もそぞろになってしまう。彼との時間に集中することができない。

〈何も、無理せんでええねんぞ〉と、トキヲはいつも言ってくれる。〈昼のうち、俺は俺で家やら庭のことをやっといたるから、こっちのことは気にせんでええねん。けど、お前かてメシは食わなあかんし、寝なあかんやろ。身体こわしたら元も子もないねんから。その時だけは、何もかもいっぺん頭から消して気分転換し。どんな仕事でも、大事なんはメリハリや〉

メリハリ。——それこそは、この仕事にとって最も難しいことだった。

机に向かって書くという作業は、全体のほんの一部分に過ぎない。そこに取りかかる前に、いや取りかかった後も、書きものの何十倍もの時間を準備や推敲に割く必要がある。資料を読み込み、得た知識を身体の芯にまでしみこませた上で、それをもとにして作りごとの世界を隅々までリアルに構築してゆかなくてはならない。エッセイならまだしも小説となると、自分がこれから創りあげようとしている虚構の世界にどっぷり浸からなくては書けない。日常の何かに中断されれば、沈んでいた深みから水面にまで浮上せねばならず、そのつど、まるで釣りあげられた深海魚のように口から浮き袋が出そうになる。用事を終えてから再び元の深みにまで潜り直すのは至難の業だ。へたをするとおそろしく大事なものを海底に落としてきたまま、二度と見つけられないこともある。そんな危険を冒すくらいなら、食べることも寝ることも忘れて潜ったままでいるほうがどれだけ楽か。

いずれにせよ、いちばんの問題は、それらの作業のほとんどが脳内で行われるために、傍（はた）からはぼんやり宙を見つめてサボっているようにしか見えないということだった。

「それで、ゆうべは仕事、進んだんか」

と、トキヲが言う。

「うん。だいぶね」

ハナは嘘をついた。

いま取りかかっているのは七十枚ほどの短編小説だ。二日後が〆切だというのに、まだ一行目さえ書き出せていない。必要な調べものはたくさんした。知識は得た。けれど、何かこう、決め手に欠けるのだ。ほんとうはムーンサルトを決めたいのに、このままではせいぜい一回ひねり程度で着地してしまいそうな気がする。

そんなわけで昨夜は、目をつぶってからもなかなか寝付かれなかった。どうせならあのまま寝ないでおけば、トキヲを起こしてやることもできたのに。

じりじりと炙られた胃の底が焦げ付きそうだ。布団の中から、壁際の本棚を見やる。

一冊の洋書の背表紙に目が引き寄せられた。スタンドの明かりを受けて、白さが際立っていたせいかもしれない。『LIBRARIES』――海外の美しい図書館ばかりを集めた写真集だ。

何度も開いて眺めたことのあるページを思いだす。大きな吹き抜けの空間、鉄製のらせん階段、瀟洒（しょうしゃ）な手すり、天井や柱の装飾。分厚い背表紙の飾り文字、歴史の重み。ふと、古い書物の匂いが鼻腔をかすめた気がした。

その瞬間。

ぱたん、ぱたん、と脳内で音を立てながら、物語が勝手に組み立てられ始めた。真夜中の森に出現する図書館、目に見えるものと見えざるもの、現実と、幻と、そのあわいにあるもの。

ちょっと待ってよ追いつかないよ、とハナが慌てるうちに、書き出しと結びの場面までがひといきにつながってゆく。これまで考えていた筋立ての外側にもうひとつ、額縁となる物語が構築され、小説全体の構えが大きくなる。そうか、これまで自分が書こうとしていたのは、物語の中の重要なエピソードに過ぎなかったのか。どうりで物足りなく思えるはずだ。

その間、ものの二分ほど。

背表紙の『LIBRARIES』の文字を見つめたまま、ぼうっとする。

一気に回転数の上がりすぎた脳みそがじんじん痺れている。こういうことが起こるからやめられない……と言うより、こんなふうな天の啓示のような瞬間の訪れに、二十数年間くり返し土壇場で救われてきたのだな、というのが実感だ。

思いついただけではそれこそお話にならない。これから一言ずつ言葉を選び、一行ずつ文章を紡いで、誰の目にも見える〈建物〉を組み立てていかなくてはならない。そう、一行目はもう決まった。あとは一刻も早く書き出したい。今、身体の中にあるこの感覚が消えてしまわないうちに。

そろりと起き上がろうとした時だ。

隣でトキヲが先に身を起こし、煙草を灰皿にもみ消した。コーヒーの残りを飲み干し、マグカップを無造作に置く。カツン、という硬い音に、ハナの脳内にある幻の図書館の書架がゆらりと傾(かし)ぐ。

「こないなったら、いつ出てもおんなじやな。ゆっくり出よ」

トキヲが言った。

ついさっきハナ自身も同じことを考えたはずなのに、瞬間、困惑した。ゆっくり、ということは、発つのは遅い朝？　それとも昼？　どうしよう、それまでは集中できない。

　こちらに寝返りを打ったトキヲが、ハナの首の下に腕を差し入れ、抱き寄せる。口づけが降ってきた。

　ちょっと今は困る……と、思いながら言えなくて、おずおずと応える。今日離れたら次はまたいつ逢えるかわからない、その寂しさは自分のほうも同じだし、抱き合うことで互いを確かめたいトキヲの気持ちも痛いほどわかるのだ。

　逡巡（しゅんじゅん）は、一瞬の十分の一ほどの時間だったはずだ。

　けれどトキヲは、すっと身体を離した。

「……何や。嫌なんか」

　ハナが答えるより先に、

「嫌やったらもうええわ」

　上半身を起こす。

「え、違うよ。誰も嫌だなんてそんなこと、」

「どやっちゅうねん、拒んどるやないかい」

　苛立たしげにベッドから足を下ろし、立ち上がる。

「拒んでなんかいないってば。ねえ、怒らないでよ」

「怒ってはおらん」

「じゃあ何」

「何でもないわい。なんや気ぃ悪いだけや」

大股にベッドの裾へ回り、長椅子の上で自分の持ってきたスポーツバッグのチャックを開ける。ハナの畳んでおいたTシャツや下着を、乱暴に詰めこみ始める。

見ているうちに、むらむらと腹が立ってきた。

(気ぃ悪い、って、何それ)

ぶつけてやりたい言葉が、ハナの身体の中で渦を巻く。

(女は、求められたら必ず応じなくちゃいけないってこと?)

しかしその部分はそもそものすれ違いの中でも末端の末端で、トキヲだって何もそんなふうには思っていないだろう。重箱の隅をつつき出せばきりがない。こちらが言いたいのはそうじゃなくて……ええい、もどかしい。怒っている時にまで相手の心理を推し量り、論理立ててものの言い方を考えてしまう自分の性格がほんとうに面倒くさい。

トキヲは相変わらず、荒々しい仕草で荷物を詰めている。壁の時計は、午前五時前。天井灯もつければいいのに、頑固にスタンドの灯りだけで用意を終えるつもりらしい。

ハナは、床に足を下ろし、ベッドの端に座った。掛け布団の裾のほうで丸くなっていた猫のユズが、寝ぼけまなこで頭をもたげる。

「ねえ、どうしてそんなに沸点が低いの？」

「ああ？」手を止めたトキヲが、険しい顔でこちらを見る。「何じゃそら」

「怒りの、感情の沸点だよ」

「そんなややこしこと言われても俺にはわからん。インテリ作家先生のお前と違て、俺はどうせアホやからな」

短く強いため息がもれた。どうしてこんなことになってしまったのか。それも、せっかく来てくれたトキヲが帰る間際になって。

確かに、さっきは生返事をしてしまったかもしれない。口づけにもちゃんと応えられなかった。けれど、仕方がないではないか。大工のトキヲが現場の進捗状況に合わせて帰らなくてはならないのと同じように、物書きの自分には〆切という名の納期がある。インテリだの作家先生だのと、屈折した揶揄を向けられる筋合いはない。

「ねえ、お願い。喧嘩なんかしたくないよ。これからまた離ればなれになっちゃうのに」

言ってみたのだが、トキヲは頑なだった。

「おう、俺はお邪魔なようやからな。帰らしてもらうわ」

漫才の決まり文句のように半笑いで言われて、ひときわカチンときた。

「だから、どうしてそういう言い方するわけ？　トキヲってしょっちゅう、瞬間湯沸かし器みたいになるよね。何が気に食わないのか知らないけど、そういうスイッチが入っちゃったとたんに、私の言葉をわざとねじ曲げてさ」

「そらすまなんだな。はい、どうもすみませんでした」

「そういう子どもっぽいの、やめてよ！」思わず大きな声が出た。「この何日間か、一緒にいてすごく楽しかったのに」

「そうかね。俺は、お前が気もそぞろやからさっぱり楽しなかったわ」

「嘘だよ。トキヲ、いっぱい笑ってたよ」

「気のせいとちゃうか」

ああ苛々する。トキヲの言いようもいいかげん子どもだが、こちらまで幼稚園児のように地団駄を踏みたくなる。

ハナが荒々しく立ちあがると、猫が再び顔を上げた。張りつめた空気を感じ取ったのか、身構えるように四肢を引き寄せる。

「なんでそうやって、後から全部をひっくり返して台無しにするようなこと言うわけ？　そういうとこ、ほんと意地が悪いよね。効果的に相手を傷つけるようなこと、わざわざ選んで言うもんね」

トキヲが黙ったまま、ハナのほうを見もせずに自分の寝ていた側の枕元へまわる。サイドテーブルに置いてあったスマートフォンと充電器、毎朝飲んでいる血圧の薬などが入ったケースを取り、煙草の箱とジッポーを一緒くたにつかむ。それらをまたバッグに突っ込むと、さっさと着替え始めた。

「ねえ、待ってってたら。こんなのいやだよ」

トキヲが頭からトレーナーをひっかぶる。

「ねえってば。ちゃんと話して、仲直りしようよ」

むこうを向いてジーンズを穿(は)き、ベルトを締める。

本気でこのまま帰ってしまう気でいるのか。〈無視〉と大書してあるかのような背中を見て、ハナの中の何かがその時、ぷつんと切れた。

つかつかとトキヲのスポーツバッグのところへ行き、両手でひっつかむ。頭の上にかかげ、そのへんの床に投げ出した――つもりだった。

びっくりするほど飛距離が出た。

うわあ、と当のハナがあっけにとられて見送る中、赤いスポーツバッグは部屋を対角線に飛び、ばごん、と入口のドアにぶつかって真下に落ちた。驚いた猫が飛び起きる。

ごめん、今のは完全に私が悪かった、物に当たるなんて最低だよね、ついカッとなっちゃって……の、最初の「ご」を口にしかけた時だ。

「あきれた女や」

トキヲが、やれやれと首を振って壁のところまで行くと、バッグを拾い上げた。中を見て、げんなりした顔になる。

「どないすんねん、これ。薬のケース、ばらっばらやんけ」

「……それは、ごめん。だけど、」

「もうええわ」

「トキヲ」

「もう、どーでもええ。疲れた」

胃袋の底が、カッと熱くなり、ぐらりと沸いた。溶岩のようなものが一気にせり上がってくる。瞬間湯沸かし器は自分のほうだと思ったが止まらない。

気がつくと、ハナは無言でトキヲに飛びかかっていた。トレーナーをひっつかみ、ぐいぐい揺さぶる。

「おい、やめぃ。しつこいんじゃ、やめろ言うとんねん」

適当にあしらわれるのがなおさら業腹（ごうはら）で、彼の胸を両手で叩く。涙はとっくにぼろぼろあふれて顎の先に溜まり、しかし言葉は出てこずに唸り声ばかりが漏れる。

「なんで、よう！」

ようやく出てきた言葉は、相変わらず子どもの駄々のようだった。

「なんでトキヲってそうなの？　全部わかってるくせに、なんでわかんないふりすんの？」

襟元（えりもと）をつかんで、揺さぶりながら顔を睨（にら）み上げる。

ユズが耳を伏せ、変な声をあげてベッドの上を右往左往している。うろたえながらも仲裁をしているつもりらしい。

「こうして来てくれた時ぐらい、私だってトキヲのことだけ考えて暮らしたいよ。いっつも離れてるんだもの、一緒に美味しいもの食べて、散歩して、ゆっくり映画とか観て、抱き合っていちゃいちゃしてたいよ。だけどしょうがないじゃない、書くって引き受けちゃったもんは書くしかないんだから。算数のドリルみたいにやっただけ終わってくもんじゃないんだよ原稿は。この仕事を何年続けてたって変わらない、私にはやっぱり才能なんかないんじゃないかって焦りまくりながら、そりゃあしんどい思いして書くんだよ。ちゃんと書けてなくても〆切は待ってくれない。そういう気持ち、わかる？　てか、わかるよねえ、トキヲなら。わかってるくせに、そうやってわざわざ私のこと試すみたいなのが腹立つの。そういうとこあなた、ほんっと昔っから変わんないよね！　って、私も同じだけど！」

とうとう息の続かなくなったハナが口をつぐむと、部屋がしんとなった。

ユズが、うわあーお、と鳴く声が大きく響く。

襟元をつかまれたまま、黙りこくって間近にハナの顔を見おろしていたトキヲが、やがてふいに、ぷ、と噴きだした。

「ちょ……なに笑ってんの？」

憤慨するハナを抱きかかえ、げらげら笑いだす。あはは、あはははは、と身体を折って大笑いするトキヲを、ハナは茫然と見つめた。人が真剣に怒っているのに、何がそんなにおかしいのだ。腹が立つより悲しくなってくる。部屋着の袖で涙をごしごし拭い、背中を向けようとすると、

「ちゃうねん、すまん」トキヲは慌ててハナを引き留めた。「お前の本気を笑たん

やないねん。お前が、こんな時まであんまり公平やから可笑しなって」

「……公平？」

「俺も変わってないけど自分もや、って。あんだけカンカンに怒っとる時に、なかなか出てけえへんで、そんなセリフ」

背後からぎゅう、と抱きしめられる。腹立ちのおさまらないハナが振りほどこうとするのに、びくともしない。

「すまんかったな、ハナ。俺が悪かった」

「……ほんとに、思ってる？」

「思とる、思とる。いや、ほんまに。お前の言うとおりや、試すようなこと言うてすまなんだ。正直なとこ、俺も寂しかってん、許したってや」

抱きかかえられたまま、ベッドの上の猫を見おろす。目と目が合うと、いかにもしょうがなさそうに、うなあ、と鳴く。ハナは、そろそろと身体から力を抜いた。

「お前の仕事のことも、ほんまはわかっとる。俺のわがままや。聞き流しといてくれ」

「それは、無理だよ」

「なら、なるべく言わんようにする。時々は機嫌悪なるかもしらんけど、努力するし」

　トキヲが、後ろからハナのうなじに鼻先を埋める。ひとつ息を継いで、言った。

「それよりお前——早よ書いてこい」

「え」

「深呼吸して、気持ち入れ替えて集中しといで」

「でも……トキヲは？」

「もう、行くわ。大丈夫や、また来るし。俺が向こうへ着く頃までに、お前にできる限りのことをきっちり終わらして、ええ報告聞かせぃ」

　ハナは、ゆっくりふり返った。さっきまでとは別人のように柔らかな表情の恋人を見上げる。夫婦喧嘩は犬も食わないなどというけれど、これは何だろう。猫またぎ、だろうか。

　ハナは伸びあがり、そっとトキヲに口づけた。

「私こそ、ごめん。あんなに怒ることはなかったかも」

「いや。言うたやろ。悪かったんは俺のほうやて」トキヲが苦笑する。「けど、さっきは嬉しかったで」

「嬉しい？　どうして」

「お前があんなふうに感情爆発させるとこ見たん、子どもの頃以来やもん。前の旦那らには言いたいこと言われへんかった、て聞いてたから、よけいにな」

ほんとうだ。言われてみれば不思議なことだった。トキヲには、こんな感情をぶつけたなら関係が終わってしまうかも、などとは少しも思わなかった。前の夫たちに限ったことではない、人生で初めてと言ってもいい。

庭先へと見送りに出る頃には、夜が明けていた。

薄紫の空の下、遠ざかってゆく白い車の窓から、トキヲが短く手を振ってよこす。

ハナは手を振り返した。

まっすぐに仕事場へ戻る。

五分後には、この世のことなど忘れていた。

初恋

最近では亀吉さんも慣れたものだ。ハナが頼むと、合鍵で家に入り、台所の流しの下に置いてあるキャットフードと水を換え、あまり日照りが続くようなら庭や畑にホースで水をまいてくれる。今回の留守は三日間。そんなに長くはないが、ユズだけでほうっておくのはかわいそうだ。

竹林の向こう、古い農家の縁側まで、挨拶がてら箱入りの桃を持っていくと、あれあれ、気ぃ遣わなくていいのに、と受け取りながら、四十を過ぎた息子さんは笑って言った。

「大丈夫、安心して行ってきて下さいよう。まあこの暑さだし、万一じいちゃんがポックリいっちゃったら、かわりにうちの奥さんが行かせてもらいますから」

「縁起でもねえこと言うでねえお！」

威勢よく言い返す亀吉さんも笑っている。お嫁さんもころころ笑っている。いい家族だ。

縁側から続く庭先には小さな花壇があり、白粉花（おしろいばな）や鳳仙花（ほうせんか）や松葉菊（まつばぎく）など鮮やかな色の花々が、照りつける陽の光を跳ね返している。ちゃぷちゃぷちゃぷちゃぷと聞こえるのは、日陰につながれた雑種犬のコタローが水を飲む音だ。

「なぁに、お互い様だお」と、亀吉さんは言った。「そンかわり、畑の用のねえ時にうちがみんなで留守にすりゃあ、犬っころの世話やら何やら頼むことになンだからさ」

「僕のミドリガメもだよ！」

と、横合いから一番下の孫が言い、ハナは、よっしゃ、その時は任しといて、と請け合ったのだった。

いま、新幹線は名古屋駅を過ぎた。東京から乗り換える時、グリーン車のチケットを奮発したのは、隣席の人に迷惑をかけることなく仕事に専念したいからだ。おかげで、大きめのテーブルにのびのびとノートパソコンを広げることができる。エッセイの原稿に集中しきるまでには至らなかったが、溜まってしまっていたメールにまとめて返信できただけでもだいぶ心が軽くなった。

送ってしまえば、インターネットはもう使わない。肘掛けに置いていたＷｉ－Ｆｉ

を手に取り、電源をオフにする。携帯電話よりも小さなこんなキカイひとつで、世界とも繋がることができるなんていまだに不思議でならない。

いつからか人間は、そのキカイが動く理屈や構造を知らないまま、便利に使うようになった。もちろんハナもその恩恵を受けている。家にはキカイがたくさんある。

仕事に関するものだけでも、硬質な銀色のパソコン機器たち、コピーやプリントやファクシミリの機能を備えた複合機や、娯楽映画だけでなく映像資料を観るためにも必要なＡＶ機器……。モダンなデザイナーズ住宅ならばともかく、房総のあの古びた木造家屋には似つかわしくない佇まいのものばかりだけれど、それらがあるからこそ、都会を離れても仕事を続けていられるのだし、こうして移動中にも書きものができ、メールを送れるのだ。ありがたいことには違いない。

しかし一方で、先ほど車両の端のトイレへゆくのに通路を歩いた時、ハナは暗澹たる気持ちになった。

両側の席に座る乗客の誰一人として、本を開いていない。起きている人のうちほとんどは携帯を見ており、でなければビジネスマンが小型の端末を操作していて、活字はといえばたった一人、中年の男性が週刊誌を読んでいるだけだ。どうりで、昔のようには本が売れないわけだと思い知らされる。

それでも、自分にはこの仕事しかないのだ。生活のためでもあるけれど、そうでなくとも、書かずに生きてゆくなど考えられない。

保存してあったファイルを開き、液晶画面に書きかけの原稿を広げる。新大阪まで、あと小一時間ある。


並んだガラスのドアの一つを押して駅前ロータリーへと出ると、何台もの乗用車に混じって、見慣れた白い車が停まっていた。二十年選手のその車を、トキヲは自分で整備しながら今も大切に乗り続けている。

助手席のドアを開けて滑り込んだハナを、

「よう。お疲れさん」

彼は目を細めて眺めた。

「ありがと。久しぶり」

「そうでもないがな。こないだ会うてから、まだひと月しかたっとらん」

「ひと月は、私には充分長いよ」

「ほう」トキヲがにやにやする。「今日はえらい素直やんけ」

「私はいつだって素直ですう」

「ふん。よう言うわ」

坂道を下り、大通りを渡り、まっすぐに走ってゆく。全開にしている窓から、夏の夕方の風が入ってくる。房総のそれとはまるで違った、熱も湿度も高い風だ。

「わざわざ、悪いのう」

信号待ちの間、指にはさんだ煙草を窓から突き出しながらトキヲは言った。

「どうして?」

「いや、えらい急によ」

ハナは、首を横に振った。

「おめでたいことだもの。呼んでくれて嬉しかったよ」

トキヲから電話をもらったのは一昨日だ。彼の娘が、初めて家に恋人を連れてきて紹介すると言う。なんでも、今年のうちには籍を入れたいと考えているらしい。

「つまり、それっていわゆるアレでしょ?」

「うん?」

「『お、おとうさんっ、お嬢さんを僕に下さい!』みたいな。『じゃかましいっ、誰がお前のおとうさんじゃあ!』とか何とか」

「……お前、楽しんどるやろ」

「うん」

げんなりした様子のトキヲを眺めやり、ハナは笑ってしまった。車にあったコーラのグミをいっぺんに二つ、口に放り込む。熱でひときわ柔らかく溶けている。耳の下が痛くなるほど甘酸っぱい。

「うそだよ。楽しんでるわけじゃないよ。そりゃ、会うのは楽しみだけど、その彼氏が本当にいい人だったらいいなあって心から思ってる。ちはるちゃんが私にも同席してほしいって言ってくれたのもすごく嬉しいし」

そうか、とトキヲは言った。

「仕事忙しのに、すまなんだな。けど、まあ、ほんまは俺もありがたい」

「なんで？」

「何を喋ったらええのやらわからん」

本音のようだ。

「俺としてはほんま、どうでもええねんけどなあ。ちぃのやつには、『先方がお前みたいなちんちくりんをもろてくれる言うねやったらもう、それでええがな、わざわざ会いに来んでてええ』言うたんやけど」

「いいはずないでしょ。適当なこと言わないの。こういう時に親に言われた言葉って、後々まで残るんだからね」

「せやけどほんまに面倒くさいねんもん」

いささか投げやりなトキヲの態度が、多分に困惑から生じたものであるのはわかっている。最初の妻と別れた後、ほぼ男手ひとつで育てたような娘だ。相手がまっとうな男で、彼女をちゃんと愛してくれることを、誰より強く祈っているのはもちろんトキヲだろう。

ただ——いかんせんこの男は人見知りなのだ。初対面の相手に対して、緊張からくる居心地の悪さを薄めようとするあまり、妙なテンションになってしまうことがしばしばある。

娘のちはるは、父親に向かってはっきり言ったそうだ。

〈お父さんがおかしなこと口走らんように、ハナちゃんにおさえといてもらいたいねん〉

期待されているのは猛獣使いの役回りらしい。引き受けないわけにいかなかった。

「ま、会うのんは明日やからな。今日はゆっくりしよや」

晩飯までの間ちょっと付き合え、とトキヲは言った。

どこへ向かうのかは教えてくれないまま、ぐるぐると走って辿り着いたのはハナの知らない場所だった。道路沿いのパーキングに車を入れ、さっさと歩きだしたトキヲを慌てて追いかける。一方通行ばかりの住宅街へとどんどん入ってゆく。やがて、狭い三叉路に行き当たった。

「どや」

「……え?」

ハナは、辺りを見回した。

どや、と言われても。

道に面した年代物のブロック塀の向こう側は月極駐車場になっている。八台ほどの区画に、車は一台も停まっていない。夜にはいっぱいになるのだろうか。

その隣は、同じようなブロック塀を隔てて、見るからに古めかしい家が建っていた。前庭に〈管理地〉と立て札があるところを見ると、すでに空き家らしい。

黒い瓦葺きの屋根と、深い軒。何か引っかかるものを覚えて眺めているうちに、ハナは、はっとなった。

「もしかして、これって……島谷さんのおばあちゃんち?」

トキヲが、破顔一笑する。

「おう、ようわかったな」

　島谷さん——昔、ハナの家とトキヲの家が隣同士だった頃、しょっちゅう遊びに行っていた裏手のお宅だ。おばあちゃんは、当時で七十歳くらいだったろうか。どう考えても、すでにこの世の人ではない。

「ってことは……」慌てて周りを見回す。「え、まさか、この駐車場、」

「ああ。ここに、俺らの家が並んで建っとったんや」

　トキヲが、駐車場へと入ってゆく。

「建物自体、けっこう最近まで残っとって、誰か別の人が住んでてんけどな。地主の代が替わったとたんに全部壊して更地にしてしまいよった」

　懐かしさで、グミをなめたように胸の中が甘酸っぱくなる。まだ比較的新しいアスファルトには白線とナンバーが描かれていたが、トキヲもハナも別のものを見ている。

　このへんが玄関。ここからが廊下で、階段で、確かこのあたりにお風呂場、台所。互いの家の庭には物干しがあって、縁側があって、ハナの母親は毎年、赤紫蘇とともに梅を漬けては天日に干し、漬けては干ししていた。

「あの梅、縁側に並んだぁるの見ただけで唾わいてきたよな」

「私は、トキヲんちの無花果や枇杷が食べ頃になるのが楽しみだったな。捥いですぐに食べると美味しいの」

「あーあ。見せてやりたかったなあ、あの家のあるうちに」

残念そうにトキヲが言った。

時代は、変わる。時は、移ろう。わかってはいるけれど、家にせよ、本にせよ、古いものはことごとく消えてゆく運命なのかと思うと、ひどく寂しい。

「ああ、せや」ふと顔を上げ、トキヲはハナを手招きした。「ちょっとこっち来てみ」

トキヲは再び駐車場の入口にとって返し、ブロック塀の道路側にしゃがみ込んだ。ハナがそばへ行くのを待って、足もとを指さす。

初めは何のことかわからなかった。身をかがめてよくよく目をこらすと、塀の基礎部分、コンクリートの表面にうっすらとした跡がある。コンタクトレンズを並べたような小さな窪みが、二つ。

「これ、何やわかるか？」

すぐ隣の敷地、島谷のおばあちゃん宅にそびえる高い木々から、天ぷらを揚げているかのような蟬時雨が降り注ぐ。

黙っているハナをちらりと見上げ、トキヲが苦笑する。

「まあそら、覚えてへんわなあ」

じつはな、と言いかけるのを、

「待って」

ハナは遮った。

毛穴をぴったりとふさぐ熱と湿気。足もとから立ちのぼる土埃の匂い。そして蝉の声。それら一つひとつが、まるで古い書物にはさんでおいた栞のように、ハナの記憶の一ページを開く手がかりになる。

「覚えてるよ」ハナは言った。「一緒に、指で捺したね。たしか、おたまじゃくしを捕りに行った帰りじゃなかったっけ」

するると、トキヲの目尻に皺が寄った。

「せやったな」

「あっちのほうにまだけっこう広い田んぼが残ってて。赤とんぼもいっぱい飛んでて」

「おう。俺、四歳か五歳かそこらや。おたまじゃくしなン興味ないのに、ハナ姉が行こう行こう言うからしゃーなしで付いていってった」

そうだ、たしかハナのほうは網を持っていて、幼いトキヲは赤いバケツをぶらさげていた。うっかりザリガニが網に入った時など、ありったけの勇気をふりしぼってバケツに入れたというのに、砂遊び用の小さなものだったから浅くて、すぐに縁までよじのぼって脱走されてしまった。あれは悔しかった。

それもこれも、今の今まで忘れていたことだ。ここへ連れてこられなかったら一生思いだされなかったろう。

「俺はな、ずうっと覚えとったで。ここ通るたんびに思いだしてた」

しゃがんだままのトキヲが言い、指の跡を見おろす。

「あん時はまだ、コンクリが水っぽかって……今思たら、工事の職人が帰ったばっかりやったんちゃうかな。ハナ姉が周り見て、誰もおらんのん確かめてから、急にしゃがみよってん。人差し指でぐうっと跡つけて。俺、アカンやんそんなんしたら思てどきどきしとった」

語られる端から、ハナの脳裏にその光景が広がってゆく。言われて想像しているだけなのか、それとも記憶の中から蘇ってきたのかわからない。どちらとも区別がつかない。

「そんで、俺にもおんなじことさして、『内緒だからね』て」

「そうだったっけ」

「忘れたんかい。俺には、『離れても覚えててね』言うたくせに」

「離れても？」

「その後すぐ、東京へ行ってもうたがな」

ああ……と、思わず声がもれた。父の転勤で引っ越すことになった東京。家の前にトラックが停まったのは、四年生の夏休みだった。

「『これ見るたんびに、あたしのこと思いだしてね』言うから守っとったのに、何や、姉ちゃんは自分の言うたことすっかり忘れとるんかい。薄情なやっちゃの」

トキヲが膝に手をついて立ちあがる。

「ごめん、だって……」

慌てて言いかけたハナは、その顔を見て口をつぐんだ。トキヲの目が、いたずらっぽく和んでいる。こんなにも饒舌（じょうぜつ）に目もとで語る男に育つなどと、誰が想像しただろう。しかもその目を、こちらが見上げる日が来るなんて。

「もしかしたらあの時が、ハナ姉をいつか俺のもんにしぃたいなー、て思た最初やったかもしらんな」

「うそ」

「いやマジで。俺にとったら、姉ちゃんが正真正銘の初恋やもん。嫁にするとかそんなことまではようわかってなかったやろけど、ただ、他の誰にもやりとないなーとはあの時から思てたんやで。まさかそれがこうなるとはな」

こちらを見て、くしゃりと笑う。

言葉が出てこない。心臓が収縮して苦しい。降り注ぐ蟬時雨に息が詰まりそうだ。

「いっぺん連れて来たかってん。家はのうなってしもて残念やけど、これだけでも残っててよかったわ」

四十年を経たブロック塀を、二人並んで眺めやる。

やがて、トキヲが言った。

「行こか。おふくろが、何やえらい張りきって晩飯こさえとる」

結婚を控えた若い二人との待ち合わせをあえて騒がしい居酒屋にしたのは、トキヲなりの心遣いだったのだろう。二階の小上がりにはすでに娘のちはるとその恋人が来ていて、こちらを見るなり腰を浮かせた。

「あ、ハナちゃん。忙しいのにわざわざすいません」

ひときわ小柄なちはるが、顔の前で手を合わせる。

「ううん、呼んでくれてありがとう」

このうえトキヲの母親まで押しかけると圧迫面接のようなことになってしまうからと、今日のところは遠慮して、まずは四人での食事だった。ちはるはいつになく緊張しているようだが、隣に座る青年はハナが想像していたよりもずっときちんとして見えた。背筋を伸ばし、喧噪のなか声を張る。

「初めまして。あの、ちはるさんとお付き合いさしてもぉてます、大原です。今日はありがとうございます」

けれどトキヲは、雪駄を脱ぎ捨ててどかどかと上がり込むと、

「挨拶なン、後じゃ後じゃ。とにかく先、注文せえ」

薄い座布団にあぐらをかきながらメニューを広げた。

「お前ら何飲む……って、何や、もう勝手に始めとんのか。ド厚かましいやっちゃのう」

向かい側から、「ごめぇん」と「す、すいません!」が重なる。

「そんで何食うねん、とっとと頼まんかい」

ことさらに傍若無人な態度も、まだ相手とまっすぐ目を合わせようとしないのも、例によって人見知りのなせるわざだ。これでもトキヲにしてはずいぶん努力しているほうではないだろうか。微笑ましくなって、ハナは横から言った。

「お刺身が食べたいな。あと、天ぷらも」

「食うたらええがな。お前らもさっさと頼め」

とりあえずのオーダーを通してしまうと、トキヲはじろりと向かい側を見やった。

「ほんで？　もっぺん、自分、誰やて？」

「あ、あの、大原といいます。よろしくお願いします」

背中に物干し竿を挿したかのように再び硬くなる青年に向かって、トキヲがいきなり右手を差し出す。戸惑っている彼の手を握って上下に振りながら、

「こっちこそ、うちの娘をよろし頼むわ。ほんまふつつかやけど。自分、こんなちんちくりんのどこが良かってん」

「もう、おとうさんてばひどいー」

ちはるが文句を言いながらも笑いだした。

たくさん食べ、たくさん飲んだ。飲まなやってられるかいや、と憎まれ口をたたきながらも、誰よりトキヲこそが大声で笑い、よく喋った。

何時間いただろうか。明日も仕事で朝が早いという若者二人と、店の前で別れての帰り道、トキヲは、ひとけのない通りを歩きながらハナの肩を抱き寄せた。いささか酒臭いため息とともに呟く。

「……めっちゃ気ぃつこた」

「お疲れさま」と、ハナは笑って言った。「今日はトキヲ、えらかったね」

「ほうかい」

「うん。よく頑張ってた。ちはるちゃん、嬉しそうだったよ」

「そうか。ようわからんけど、せやったらええわい」

甘えたい気分なのか、ハナの肩に体重をのせて寄りかかってくる男を、負傷兵を運ぶようにして支えながら宿までの夜道を歩く。涼しい部屋に辿り着くと、たまらずにベッドに横たわった。どちらからともなく、深い吐息が漏れる。

「おおきにな」

しみじみと、トキヲが言った。

「私は何も」

「いや。お前が横におってくれて助かった」

吸いさしの煙草をベッドサイドの灰皿でもみ消し、こちらへ寝返りを打つ。

「俺もやっと、ほっとしたわ。これで肩の荷おろせるかな、て」

ハナのこめかみに貼りついた後れ毛を耳にかけてくれる手つきが、あまりにも深い情愛に満ちていていたたまれなくなる。こんな優しい手つきで、彼は娘を育ててきたのだろうか。

ハナが彼の胸に顔を寄せるのと、彼が抱き寄せるのと、どちらが先ともしれなかった。分厚い胸板に額を押しあてていると、低い声が振動とともに響いてくる。

「あいつら二人とも、まだ若い。いざ結婚したからてこの先どないなるかはわからんけどな」

それはそうだ。トキヲもハナも、この人ならと思った結婚に、きっかり二度ずつ失敗している。彼に関して言えば、ちはるを連れての再婚は、一度目よりさらに殺伐とした結果に終わったようだ。誰しも幸せになりたくて一緒になるのだろうに、夫婦というのは難しい。

「それでもまあ、一応ええやつみたいやったし」

「うん。素直で優しい子みたいだね。ちはるちゃんのこと大事にしてるのが態度の端々でわかるし。お醤油とか取ってもらっただけでも、ちゃんと『ありがとう』って言うのがいいなって思ったよ」

「俺らの前で、自分を大きい見せようとか、ええとこ見せようとせえへんとこは、なっかなかええわ。ま、いっぺん会うたくらいではわからんけどな」

ハナは、微笑した。トキヲの「わからんけどな」は、そうであったらいいと強く願う気持ちゆえの担保に過ぎない。

「大丈夫だよ。ちはるちゃんは、私たちなんかよりずっと見る目ありそうだもの」

「まあ、それもそやわな。俺が頼ンないぶん、あいつがしっかり育ちよってん」

「……トキヲ」

「うん？」

「長いこと、お疲れさま」

「俺は何にもしとらん。あいつが勝手に育ったんや、て」

「そんなわけないよ。たとえそうでも――お疲れさま」

ハナの身体にまわされたトキヲの腕に、じんわりと力がこもる。身体を起こしてのしかかってくる。まだ少し汗ばんだままの上半身の重みが心地よい。

トキヲも、明日はまた早く起きて現場へ向かわなくてはならない。それを見送ったら、ハナも帰る。東京で編集者との打ち合わせがあるから、房総の家に着くのは夜になるだろうか。トキヲとはまたしばらく離ればなれだ。

どちらからともなく口づけを交わす。間近に見つめ合いながら、ゆっくり、何度も、ついばむように唇を結び合わせる。心がほどけ、身体の奥底がゆるむ。皮膚という隔たりさえもなくなるほどに溶け合い、混ざり合ってゆく。互いの行き止まりがもどかしい。

恋というのは、若者の特権だとばかり思っていた。歳を重ねてからでも恋愛に似た遊びはできるが、いわゆる〈初恋〉と呼べるほど純粋な想いを抱けるのは若いうちだけだ、と。ハナにとって初めてのそれらしい恋愛は学生の時だったけれど、今思えば、笑ってしまうほど幼い恋だった。二度の結婚ですら、相互依存と変わらなかった気がする。

今は、違う。相手をこんなにも大切に想い、なくすのを惧(おそ)れた例しはない。失った時のことを想像するだけで泣けてくる半面、何とかして自分が彼を守りたいと思う。親といるより安心して自らを預けることができるのに、トキヲとの間では安心が弛緩(しかん)につながったりはしない。どれだけ馴染んで心を許しても、互いへの興味が尽きることがないのだ。

こんなに違っているように見えて、じつは似たもの同士なのかもしれない、とハナは思う。日によって落ち込んだり自己嫌悪に襲われたりすることはあっても、二人とも基本的に、自分が大好きだ。行きすぎなければ悪いことではない。自分のことすら好きでいられなかったら、人生を愛おしみ、日々の生活に花を飾ろうという気持ちにもなれないだろう。

今はもう喪われた、隣同士の家。コンクリートに残された小さな指の跡。お互いを結び合わせる記憶の一つひとつがそれぞれ、どこにもない二人だけの物語になる。それがまた、愛しさを深くしてゆく。

ちはるとその恋人は、はたしてどうだろう。永く続いてゆく関係を結ぶことができるだろうか。今はまだ頼りなくても、いつかずっと先で、ああ、やはりこのひとが運命の相手だった、と認め合える時が来るといい。

「ハナ姉……」

トキヲの呟きで我に返る。いつのまにか身体をまさぐる手の動きが止まっている。

「あかん。眠い」

「うん。寝なさい」

「ごめんな……起きたら、続きしよ」

ハナは噴きだした。

「はいはい。いいから、ゆっくりおやすみ」

頷いて、トキヲはすうっと眠りに吸い込まれてゆく。

穏やかな夜の中に、ハナだけが取り残される。

とてつもない寂しさと、それを埋めてくれるもの。奪い、同時に与えてくれる男の重みが、胸の上に乗っている。

布団を少し引き上げて肩にかけてやり、ハナもまた、まぶたを閉じる。赤子を抱くように恋人の頭を抱きかかえ、ひそやかな呼吸の音をたぐり寄せる。

解説、あるいは恋文

小手鞠るい

愛おしい作品である。

何が愛おしいのかって、それはもちろん、ハナとトキヲの織り成す恋の風景。でももちろん、それだけじゃなくて、この作品を流れている「幸福」が私はとても愛おしい。

これは私の持論でもあり、経験上、言えることでもあるのだけれど、不幸を小説に書くのは実は易しい。しかも、不幸であればあるほど、難易度は下がる。しかし、幸福を書くのは非常に難しい。なぜなら幸福とは、不幸の果て、あるいは地獄の淵を、見てきたことのある人にしか理解できないし、書けないものだから。

「子どもの頃から頭の中に想像力しか詰まっていなかった」ハナは「自分がかなりの恋愛体質であることはわかっている」。そして彼女は「昔から人一倍、寂しいのに弱いのだ」――これはそっくりそのまま、私のことではないか。

正直に告白すると、私は関西の男にめっぽう弱い。正確に言うと、関西弁を話す男に弱い。関西弁を話す人に会うと、もうそれだけで「心臓のまわりがきゅっと窮屈になるような、甘くて少し凶暴な感覚」に陥る。初めて好きになった人が京都の男だったせいだろうか。私の青春を根こそぎ持っていった男が神戸(こうべ)の人だったせいだろうか。関西弁、とひと口に言っても、大阪、京都、神戸、奈良など、地域によって微妙に異なっているということは、承知している。

トキヲは大阪の人である。

南房総(みなみぼうそう)の田舎(いなか)で暮らす作家のハナに、運転中、電話をかけてきたトキヲは開口一番、こう言う。

——よう。どないだ。

この二語だけで、私は簡単にノックアウトされてしまう。そのあと、彼のその日の仕事をねぎらい、怪我(けが)はしなかったかと訊(き)くハナに、

——するかい、ンなもん。

と苦笑いまじりの答えを返すトキヲはこう言って、ハナに近況を尋ねる。

——お前のほうはどやねん。変わったことあったか。

もうだめである。これだけの台詞(せりふ)で、私はすでにトキヲにめろめろになっている。

そうして、通話が切れる直前の「うるさい、黙っておとなしゅう待っとけ。じきに着く。今、踏切渡るとこや」で、完全に息の根を止められてしまう。

そんなわけなので、この作品を最初に読んだときには、とりあえず、私の眼中（というか、心中）にはトキヲしかなかった。トキヲの一挙一動を追いかけながら「こんなにも饒舌に目もとで語る男」の「獰猛なのにやんちゃな笑顔」に胸をときめかせながら読んで、読んだあとも、「天使とは似ても似つかぬ、むくつけき大男」に背中から抱かれているような余韻に包まれて、ああ、私もこの先、いつかどこかで、昔つきあった関西の人に再会して、そのときふたりとも独身に戻っていたりしたら、ふたたび老いらくの恋に落ちて、いっしょに暮らすなんてこと……と、想像をたくましくしておいてから、ないない、そんなこと！　と、自分で自分の頬を叩いたあと、同じ家の一階にいる夫に、二階から「ごめんね」と、手を合わせたりしたのだった。

二度目に読んだときには、トキヲとの再会を落ち着いて楽しみつつ、マーカーを手にして、しっかりと勉強をした。小説家の勉強とは、ほかでもない、好きな作家の小説を貪るように読むことなのである。

黄色のマーカーで線を引っ張っているのは、たとえば、こんな箇所。

ふと、独特の匂いをかぎつけて、ハナは再び縁側の向こうの庭を見やった。乾いた土埃が湿ってゆく時特有の、きなくさいような、錆くさいような、どこか酸っぱい匂いが鼻腔に届く。水色から薄紫に色づいた紫陽花の花たちが、上下にうなずくように揺れる。蛙の合唱が急に大きくなる。

この直後に、作品の中には、雨が降り始める。作家は「雨」という言葉をいっさい使わずに、雨の気配を書き切っている。『はつ恋』の大きな魅力のひとつは、まさに、このような自然描写、情景描写にある。季節の植物、庭の移り変わり、庭仕事、天候、猫、料理、身の回りの物もの——どれを取っても、村山由佳の独擅場である。的確な筆致で、冷静に、なおかつ、情感豊かに、恣に表現しておいて「庭は、人をつなぐ。遠くのひとを、近くする」と、無限のイメージの広がりをぎゅっと封じ込めたような言葉で言い切る。

この作家の才能に、私は心底、惚れこんでいる。

もう一箇所、黄色のマーカー。心が痺れた場面です。

とんびが一羽、太陽のそばを舞っている。笛を吹くような寂しい声が、天の高みからかすかに降ってくる。

「トキヲ」

急にたまらなくなって呼ぶと、

「うん？」

やけに甘い声が返ってきた。

「あのね。大丈夫だよ、こっちは」

「おう、そか。せやな、お前はそういうとこ、案外しっかりしとるからな」

「うん。でも——逢いたいよ」

ちょうど、煙草（たばこ）を一服吹かすくらいの間があった。

「俺もや」

と、恋人は言った。


とんびの寂しい声と、やけに甘い男の声。煙草を一服吹かすくらいの「間」に、ふたりの距離、それぞれの思いをすべて、語らずして語らせている、この筆の力。

「と、恋人は言った」という一文に、私はくらくらっとする。ここに「恋人は」という主語をすっと置くことのできる作家に、そのセンスに、私は嫉妬する。

このような場面は、枚挙にいとまがない。以下、この解説を書くためにふたたび読み返したとき、私が緑のマーカーで囲んだところ（その、ほんの一部です）を紹介したい。情けないことに、やっぱりどれもトキヲ様の台詞である。

――あほか。なんでもっと早よぅ医者行かへんのじゃぃ。

――大丈夫やあるかい。何ちゅう声や、それ。俺、ヒキガエルと喋（しゃべ）りとうて電話したんやあらへんのじゃ。

はぁぁぁっ、素敵！　熱くなってくる頬に手を当てて、ここで少しだけ「解説」を加えると、関西弁というのは、耳で聞こえたままを正確に書き取っただけでは、小説の言葉にはならない。作家のフィルターをきちんと通して、なおかつ、通してあることが読者にはわからないように書かなくてはならない。村山さんはそれをやってのけている。

――過去を、否定しとうないのはわかる。誰かてそや。けどな、美化するあまりに自分を責めて、後悔しすぎるのはあかん。そんなん、クソの役にも立たへん。

……と、俺は思うで。おのれへの反省もこめて、な。

――俺はな、お前に後悔させたないねん。俺と、こうなったこと。

ううう、かっこいい！　もうどうにでもして、と、言いたくなる。あほ、ええ加減にしとかんか！　というトキヲの声が聞こえてきそうだ。

緑だらけになったページをめくりながら、私は白旗を揚げる。私には、この作品の解説を書く資格はない。しかし、トキヲへのラブレターなら書ける。

死後、もしもこの世に生まれ変わることができたなら、私は、私のトキヲを見つけて、いっしょになりたい。毎日、朝から晩まで関西弁で話しかけられて、いちゃいちゃしたり、けんかしたり、「荒っぽい優しさで、きつく」叱られたりしたい。でもそうなったら、私は小説など書いていないだろう。腑抜けにされて、一文字も書けなくなるに違いない。ハナは偉い。ハナは天晴れだ。トキヲといっしょにいながらも、ちゃんと小説を書いている。私にはできない。

ハナ自身はといえば、ものを書く立場の人間であることを、自分の駄目さ加減の言い訳に使ってしまいがちなところがあるから、その点は気まずく目を伏せるしかないのだけれど、それでもなお切実な思いはあるわけで、それが何かと訊かれても名前を付けられるようなものではないからこそ、小説や随筆を書き続けているのかもしれない。読んでくれる誰かの心にささやかな花を咲かせることができるよう、真摯に、地道に、こつこつと。

先に、ハナはそのまんま私ではないかと、私は書いた。けれども、ハナと私の違い、すなわち、村山由佳さんと私の決定的な違いは、ここにある。ハナは、好きな男がそばにいても、物書きとしての意志、潔さ、徹底して鋭い観察眼を失わない。幸福に溺れていながらも、幸福を見つめるまなざしには、一点の曇りも容赦もない。

「ここ」が村山さんのすごいところだと、私は思う。１９９４年に発表された『天使の卵』以来ずっと、私が村山由佳の愛読者であり続けている由縁も、ここにある。

（作家）

参考文献

「四季花ごよみ」（監修　荒垣秀雄、飯田龍太、池坊専永、西山松之助）　講談社
「日本の七十二候を楽しむ　―旧暦のある暮らし―」　白井明大　東邦出版

本書は、二〇一八年十一月にポプラ社より刊行されました。

はつ恋

村山由佳

2021年11月5日　第1刷発行

発行者　千葉 均
発行所　株式会社ポプラ社
〒102-8519　東京都千代田区麹町4-2-6
ホームページ　www.poplar.co.jp
フォーマットデザイン　bookwall
校正　株式会社鷗来堂
印刷・製本　中央精版印刷株式会社

N.D.C.913/231p/15cm　ISBN978-4-591-17172-1

P8101431